AF191979

Victor Gomes

ENZO, LE NOUVEAU MESSIE

novum pro

www.novumpublishing.fr

© 2021 novum maison d'édition

ISBN 978-3-99107-812-8
Relecture: Lavinie Haala
Photographie de couverture:
Stephanie Zieber | Dreamstime.com;
Victor Gomes
Création de la jaquette:
novum maison d'édition

www.novumpublishing.fr

PREMIÈRE PARTIE

DIEU

I. ADAM ET ÈVE

Dieu regretta ce qu'il fit. Britney Spears, dans la chanson "Hit me baby one more time", lui rappela que sa solitude le tuait et lui, il devait avouer qu'il y croyait encore, croyait encore ("My loneliness is killing me and I, I must confess I still believe, still believe").

Tout d'abord donc, cet ennui qui le gagnait petit à petit. Pourtant, à un moment donné, il en aurait des occupations, à éplucher tous les journaux quotidiens de son œuvre magistrale, la planète Terre. Quand ces moments soporifiques envahissaient son corps, qu'il avait choisi en tant que déité, il prenait de grandes décisions qui changeaient pour toujours la face du globe. Et ce n'était pas toujours un bon résultat. Pour ainsi dire, jamais. Dieu était-il bon, même ? Il constituait la figure d'adoration de millions d'êtres humains. Et en son nom, ils agissaient dans une optique moralisatrice basée sur le "bien", la plupart du temps. Mais ils restaient d'un égocentrisme inégalé et, dans le but de défendre leurs possessions, leur statut social ou leurs opinions, beaucoup d'entre eux n'hésitaient pas à décréter que quiconque représentant des intérêts antagoniques constituait un ennemi à abattre. Non, ce n'était pas le crime en général, ni la violence physique, sinon une ardeur verbale, qui dénotait une haine viscérale envers l'inconnu.

Tout commença lorsqu'il constata que littéralement, rien ne se passait. Rien. Le néant. Tout était beau à Gilead. Adam Smith et Ève Gutiérrez étaient des dignes représentants de la race aryenne. Extraordinairement grands, à peu près 2.50 m pour lui, 2.30 m pour elle. Une blondeur immaculée faisait ressortir leurs yeux vert émeraude. Les muscles proéminents d'Adam rendaient admiratifs les autres représentants de la faune. Ils marchaient nus dans des prairies aux relents verts fluorescents et un soleil éclatant baignait de lumière ces deux rejetons, au milieu de rivières abondantes aux reflets cuivrés. Lorsqu'ils rentraient dans la scène de la jungle, tous les yeux des animaux se tournaient vers eux et ils applaudissaient avec les moyens du bord : avec les mains pour les singes, le bec cliquetant le sol pour les oiseaux, la queue battant fortement le dos pour les espèces à quatre pattes. Puis, ces mêmes animaux se laissaient caresser par ces deux apollons et ronronnaient. Oh quelle joie !

Comme le lion Simba était sympathique ! Il venait voir ses camarades bipèdes et ouvrait grand son museau déchiqueteur afin de mettre dedans la tête d'Adam. Ève n'aimait pas trop ce genre de spectacle. Selon Simba, le jeune homme était un meilleur public. Et après quelques rires complices, Adam passait tendrement sa main sur sa fourrure blonde, bien fournie. Simba était aux anges, il prenait son pied à se faire malaxer tout son corps et rugissait un "Rooaaaaaaaaaar" des plus sensuels. Le jeune homme adorait cet animal, Ève put sentir à un moment un petit accès de "elle-ne-savait-pas-quoi". Elle était tellement habituée à cette scène, aussi merveilleuse qu'elle fût, que s'extasier devant une fois encore n'était plus sa tasse de thé. Elle préférait le petit chat Azraël, pourtant bien plus fourbe. Il ne demandait pas autant d'attention. Il avait un pelage tigré et gris. Peut-être était-ce cela qui attirait Ève chez ce chat. En soi, il était plus magnanime, il ne réclamait pas des heures de caresses, comme l'autre lourd là, "le roi de la jungle". Qui donc lui avait octroyé ce titre ? Ève sentait qu'Azraël constituait la clé d'un grand événement troublant. Toutes les bonnes choses avaient une fin, non ? Tout n'était pas blanc dans cette vie, non ? Elle le contemplait pendant des heures, lorsqu'il le lui permettait bien sûr, c'est-à-dire endormi. Elle faisait de même, ce jour-ci. Puis, soudainement réveillé de sa énième sieste de feignasse, il vint vers elle. Elle le regarda dans les yeux et se sentit hypnotisée. La pupille se dilata et Azraël émit un "Roaaaaaaaaaar" strident et se lança sur elle, lui infligeant un coup de griffes sanglant. "Quel connard ! Qu'est-ce qui lui arrive ?"

En effet, Dieu perçut ce décalage entre ses deux paires de créations, Adam et Ève, Simba et Azraël. Adam paraissait être un éternel enfant. Cependant, Ève était d'une complexité intérieure plus intéressante, réellement. Dieu ne s'en étonnait pas, parce que tout avait été créé à son image. Et à celui d'une autre déité, qui se démarqua postérieurement du binôme originel. A chaque fois que Dieu esquissait de grands traits, le cadre était planté et dedans, il pouvait se passer tout, sans qu'il en ait le moindre contrôle. Il avait programmé sur C++ que la gentillesse abondait dans tous les pores de ces deux grands gaillards blonds. Quelle erreur ! Dieu s'ennuyait. C'était tout pareil. Chantal Goya chanterait dans quelques milliers d'années "Bécassine, c'est ma cousine" ou Pierre Perret, "Les jolies colonies de vacances, merci Maman, merci Papa !". Bon, il n'allait pas les empêcher de composer. Ils auraient leurs fonctions dans cette société, cela dit, dans un tout autre contexte.

Il voulait faire entrer un nouvel acteur dans cette scène idyllique, à jamais immortalisée, dans un théâtre figé. Non pas matériel. Un nouveau sentiment, à l'image du coup de griffe d'Azraël. Appelons-le "le mal", en opposition au bien qui régnait sur Terre. De grosses heures de programmation l'attendaient. Il s'agissait d'un "copier-coller" de ce qu'il avait déjà décrit pour l'essence qui embaumait la Terre alors, le bien, en inscrivant son contraire, le mal. Toutefois, c'étaient des milliers de lignes de codage. Définir la complexité des choses par un langage binaire était harassant.

```
If (condition) {
// code
}
else {
// code
}
```

L'algorithme inclut alors de grandes complexités chez Adam et Ève. Ils devinrent bruns du jour au lendemain et Ève, surtout, rapetissa exagérément. C'était en voyant "Chéri, j'ai rétréci les gosses" que Dieu pensa à les diminuer. Il faillit les réduire à la taille de l'herbe. Néanmoins, il savait trop les conséquences que cela pouvait avoir avec la faune gigantesque qui ne ferait qu'une bouchée de ces deux figurines. Les acariens mais aussi, les insectes tels que les fourmis, seraient des colosses. Le film en avait apporté les preuves. Adam et Ève hallucinaient. "Et ben merci, j'allais caresser la girafe Sophie et ben, je ne lui arrive même pas au début du cou. Et ce système pileux d'un coup... Moi qui avais la chatte d'une fille en jeune âge, peu plissée, je me retrouve avec un tapis poilu à mon entrée." "Oh mais moi aussi, j'ai l'air du singe Babouche, enfin plutôt King Kong, le gorille. Et j'ai des grosses poches sous les yeux. Si ta chatte est ridée, regarde autour de mes yeux !" se défendit le jeune homme.

Dieu s'esclaffa devant ses deux marionnettes. Il se servit d'un autre nuage bien bombé, tel des paires de fesses prêtes à se faire assaillir, dans l'objectif d'accompagner le visionnage de la scène. S'ils savaient, s'il n'y avait que les changements physiques... Adam et Ève étaient des cobayes, à qui la gentillesse fut altérée. Comment opérer ce changement ? Par l'exacte négation des codes informatiques les plus importants. Cependant, il eut une idée brillante pour accentuer le pouvoir du mal : Dieu éleva simplement leurs niveaux d'hormones. Adam devint un cannibale du sexe sous le coup de la testostérone, Ève devint une schizophrène en proie à des pics d'œstrogène. Les animaux de Gilead avaient l'air d'avoir été métamorphosés, de même. Le premier homme sur Terre appela Simba au loin, celui-ci semblait furieux. Ce n'était plus le Simba, à qui il pouvait toucher le zizi et avec qui, ensuite, il avait pour habitude d'éclater de rire. Adam n'était pas bête. Simba était devenu un prédateur comme lui, très intérieurement. Une lutte s'engageait dans la faune mâle. Simba était le roi incontesté de la jungle. En revanche, Adam serait le roi du monde, par son sexe et ses couilles qui pendaient ! Ève, quant à elle, jugea très vite que son mari était bien immature, décidément. Il menait une vie tellement simpliste. Elle adorerait pouvoir faire une sortie à l'oasis pour y faire une rave party, mais avec de la drogue cette fois-ci. Seulement, les animaux n'étaient plus réceptifs, soudainement.

Quel ennui mortel ! Azraël était devenu plus sauvage à son goût. Il ronronnait d'une façon scandaleuse. Ce n'était plus un chat, mais une bête possédée par une sorte de démon sexuel, qui voulait se taper des "chattes de chattes". Qu'est-ce qu'il était violent dans l'acte ! Il sortait son dard, lui-même fourni de petits pics en surface, pour saigner volontairement les femelles et y injecter sa semence vite fait, bien fait. Et ainsi de suite, encore et encore. Ève était dégoûtée de ces scènes d'orgie animale et ils faisaient désormais des bruits, des hurlements à la mort, quand bien même ils contribuaient au renouvellement de la vie. De toute façon, il n'y avait pas grand-chose à faire. Cette constatation fatale la déchirait. Pourquoi ne pensait-elle pas comme cela avant ? "Allez Adam, autant copuler pour passer le temps..."

Ève tombait enceinte, sans arrêt. Abel et Caïn arrivaient tout d'abord. Abel, il était trop mignon. Il ne donnait aucun travail. Avoir un gosse comme ça, mais qu'est-ce que c'était reposant ! Et lorsque Adam n'arrêtait pas de venir avec sa grosse queue en érection, elle disait : "Stop ! Je dois donner à manger aux gamins ! Ton lait peut attendre, le mien non." Devant un tel refus, il allait chasser le sanglier, surtout celui qui constituait jadis, son ami Pumba et qui, dorénavant, était devenu si sauvage. Il rêvait de le bouffer. Il rentrait souvent, les mains vides de viande rouge. Bredouille ! Il se débrouillait mieux avec les poissons : mettre un verre de terre au bout d'un bâton lui permettait d'avoir du succès. Des fois, Ève s'en prenait à lui : "De quoi on va vivre maintenant ? Je m'en fous de ce que tu dis, tu vas me ramener Pumba, je veux me le farcir, t'as compris ? Pas de Pumba, pas de sexe !" Adam lui répondait : "Ève, lève-toi et danse avec la vie. L'écho de ta voix est venu jusqu'à moi", comme pour lui signaler la fois où elle ovulait à fond et ne rêvait que de se faire défoncer l'entre-jambes, sans employer de mots aussi crus toutefois, pour désigner cette soif de galipettes. Elle lui répondit avec le majeur levé vers le ciel.

"Donnons la becquée aux bambins !" Abel s'abreuvait très doucement. Il lui provoquait quasiment un orgasme, cependant Ève se gardait d'en parler. Et puis, il y avait l'autre, Caïn. Il lui mordait tout le temps le téton jusqu'au sang. Elle pensait souvent : "Je le donnerais bien en adoption aux animaux de la jungle, mais bon, comme ceux-ci sont devenus trop sauvages…" Elle aurait vraiment dû, pourtant. Caïn était tout droit sorti de la deuxième codification de Dieu. Il resta perplexe, ce même Dieu, devant cette histoire fratricide. Il ne pouvait pas faire marche arrière. "Allez, c'est du divertissement !", disait-il alors pour se rassurer, en goûtant la mousse nuageuse d'une bonne bière. Cela resterait inoffensif à l'échelle de l'humanité. Le premier code, celui du bien, était soutenu par une pondération plus importante. Il vaincrait toujours le mal, du moins ce qu'il pensait.

Ce qui le dérangea, c'était l'aspect de la deuxième génération d'humains. Les adolescents avaient commencé à monter des femelles de leur propre famille, dès que leurs membres virils avaient surpassé le profil de la petite tétine… Résultat, un tiers des nouveaux descendants était déficient. Dieu se gourait du tout au tout dans la codification de l'ADN. Enfin non, cette spirale fractale, maîtresse de l'information génétique, représentait une œuvre d'art. Il avait envisagé tous les phénomènes biologiques en vue du renouvellement des espèces : la mitose, pour ce qui était cellulaire et la méiose, pour ce qui était reproductif. Mais voilà, il ne disposait que de deux séquences d'ADN pour se mélanger. Et puis, lors de son dernier changement faisant apparaître "le mal", il l'avait accompagné d'un vieillissement des tissus composant le corps. Adam et Ève n'étaient plus éternels et quelques-uns de leurs petits-fils encore moins. C'était comme le "Smelly Cat" de Friends qu'entonnait la plus excentrique des amis éternels, Phoebe Buffay. Personne ne voulait d'eux. C'était sans compter aussi sur l'ignorance des grands-parents et parents. Il n'y avait pas d'école à cette époque-là. Ils ne savaient pas que les tares de leurs garnements étaient dues au sabordement, ou plutôt à la réplique et à l'usure de leur matériel génétique. Il y en avait un Down, il avait deux chromosomes sexuels, X, Y, jusque-là tout allait bien, mais un autre X s'y était incrusté. Dieu, lorsqu'il vit XXY pour la première fois au microscope, connecté à son télescope, s'était dit "cool, une orgie avec deux lesbiennes à la Marc Dorcel !" Mais lorsqu'il regarda de plus près, cette orgie génétique créait un brouhaha phénotypique et mental perturbant.

Adam et Ève sommèrent leurs fils de tuer ces individus anormaux. Il n'y avait plus de garde-manger. Pumba avait disparu et Simba avait, lui aussi, très faim, trop, ce qui faisait diminuer les vivres de façon dramatique. Le lion féroce était même prêt à les dévorer désormais ! Donc, un bon festin se fit avec la progéniture avariée, en guise de viande succulente. Quelle joie de partager Down et ses acolytes amorphes en famille !

Devant cette scène, Dieu était interloqué. "Ce sont vraiment des bâtards", sentencia-t-il. Il devait agir. Voir le pauvre Down ensanglanté comme dans la scène d'ouverture de "Scream" avec Drew Barrymore, puis se faire bouffer par des "Hannibal Lecter" avec des bruits de langue obscènes, le dégoûta profondément. Pour ce motif, il décida de faire découvrir le feu à ces australopithèques. Le lendemain, Dieu fit pleuvoir des milliers de briquets, en analogie avec un de ses films d'anthologie "Les dieux sont tombés sur la tête", où une tribu du désert de Kalahari recevait par magie une bouteille de Coca-Cola. Tous les dieux étaient-ils aussi espiègles que lui ? Certaines de ses connaissances divines, lors de ses soirées à la discothèque de prédilection Heaven, en tout cas, en avaient l'air.

Les habitants de Gilead étaient décontenancés par les couleurs "flashy" des étrennes venant du ciel tout d'abord, puis ensuite leur matière plastique. Et ils finirent très vite par appuyer dessus. La flamme en jaillit entre les mains d'Adam, la première fois. "Aaaaaaaaaaaaaaaaaaaaaaaaah" cria-t-il en lançant la source de feu sur Ève. Celle-ci le regarda méchamment, en le réduisant à un moins que rien dans sa tête. "Je suis marié à une tapette, vraiment…" Elle finit par enclencher le briquet, la deuxième fois, et elle mit le doigt après quelques secondes d'hésitation. Dis donc, c'était brûlant, ce machin ! La tribu était terrorisée. Ils ramassèrent tous les briquets et les rangèrent dans la cabane du pêcheur. Ce n'était que lorsque l'automne arriva avec les baisses de températures habituelles qu'Ève tilta et se rappela de la chaleur provoquée par le "dragon rectangulaire". Quelques brindilles, une flamme, ajoutons-en des fûts de bois et ce fut la naissance des barbecues. Pas avec des Down sacrifiés, mais avec des animaux courants.

Parce que Dieu créa entre-temps quelques lignes de code en plus, afin de substituer les fourches d'ADN qui se répétaient entre la descendance masculine et féminine. Or, ce n'était pas suffisant. Il les savait idiots, ces humains. Ils le seraient jusqu'à bien tard, jusqu'à l'apparition de l'école. Et encore... Bon, tout ceci avait une solution bien facile. Les notions de déontologie, d'éthique et de société vinrent appuyer le "bien".

À ce moment-là, Marie Madeleine, 13 ans et Calvin, 12 ans étaient en train de faire l'amour. Elle mouillait comme jamais, de par l'effet stimulant de l'énorme sexe de son frère. "Mmmm, tu sais, depuis toute petite, quand je voyais pendre ce bijou de famille, je pensais déjà, il est à moi, je le veux !" à quoi Calvin répondit : "Marie Madeleine, tes paires de lèvres externes appellent au vice. Je rentre en elles pour sentir, en toi, les alvéoles de ton vagin. Il y a tout qui bulle. Les aspérités de ta cavité utérine m'excitent à un point..." Et s'ensuivit une énorme pénétration, au plus profond. Marie Madeleine sentait son entrée gonfler, comme quand on renflouait un saucisson de viande et elle pencha sa tête vers l'arrière avec les pupilles sautillantes, tel un poupon Nenuco. Sa chatte n'était plus qu'un moule beurré par la verge de son frère.

Dieu appuya sur "Enter" pour exécuter ses partitions informatiques. Marie Madeleine et Calvin se virent en plein acte. Les yeux de Marie Madeleine se figèrent, effarés, comme apeurés par la vue de Simba, affamé, au fond de la forêt. Elle décocha un uppercut à Calvin, qui fit translater l'excès de sang depuis son membre viril jusqu'à son menton. "Sale porc, Calvin !"

Tu recommences, ne serait-ce qu'une fois, avec ta bite, je te jure, je te la bouffe, mais pas pour que tu jouisses, je te la déchiquette. T'as compris ?" Calvin s'enfuit en courant avec le gros bâton, redevenu ponctuellement, petite tétine. Les Smith dont l'ADN avait été modifié avaient été rebaptisés Klein par un subtil souffle venant du ciel, un souffle pailleté de mini étoiles scintillantes d'or. C'était Dieu qui insufflait ce nom-là. *Allez savoir pourquoi…*

Tout redevint paisible chez les familles Smith et Klein. Elles fondèrent une société, dans laquelle des règles de bienséance furent établies. Le premier commandement édictait : "Tu ne coucheras pas avec ton frère ou ta sœur." Calvin Klein ne connaissait que trop bien cet adage et il se mettrait à confectionner des cache-sexes en feuille d'arbre avec des tiges enlacées à quelques trous, en superficie de la feuille, comme soutien de la culotte vétuste. Il était le tailleur officiel de ces messieurs, tailleur tout court, tailleur de pas autre chose, enfin, pas immédiatement !

Puisque, deuxième commandement : "Tu ne coucheras pas avec quelqu'un du même sexe." Encore Calvin, qui engendrerait cet ordre divin. En effet, il tailla un cache-sexe à Barnabé Smith qui avait un an de moins que lui. Un an de moins, dix centimètres de plus, devant et une demi-sphère presque parfaite, derrière. Une maîtrise complète de la géométrie, ce Barnabé ! Lorsque Calvin enfila la tige de liaison des feuilles avant et arrière, soudainement le sexe de l'adolescent grandit. Cette éclosion, qui pointait clairement vers lui, le troubla. Il essaya de rabattre le morceau de plante du devant, dans le but de cacher cette soudaine intrusion. Rien n'y faisait. Même, le bâton grossissait encore plus. Calvin n'était pas dupe. Il avait déjà monté sa sœur – *Dieu seul savait pourquoi il avait fait cela…* – et aussi, une dénommée Wesson du clan Smith. Celle-ci n'était pas très futée, elle avait pour habitude de lever les deux doigts index et majeur, ainsi que le pouce dans l'axe perpendiculaire aux autres doigts érigés vers le firmament. Puis, elle criait "Pam ! Pam ! Pam !" accompagnant d'un mouvement de rabattement du pouce. Peu importe, elle avait une chatte qui détonnait "Pam ! Pam ! Pam !"

Enfin, Barnabé, il était plus troublant. Comment ne pas s'agripper à cet organe pointu ? Le jeune peu expérimenté sortit à son ami : "Je vais descendre pour voir comment je peux arranger ton cache-sexe, parole de Calvin Klein !" Devant le regard approbateur et vicieux de l'étalon "monté comme un cheval", l'éphèbe "rabaissé comme un nain" aux intentions interdites et soumises, goba le gros sexe. Celui-ci était déconcerté. Il avait d'énormes arcades, parce que le bougre de Barnabé n'y allait pas de main morte, lui faisant vomir le Pumba bourguignon de ce midi, quasiment. Ensuite, il plaqua Calvin contre la cabane du grand-père Adam Smith. Il lui dit : "Viens t'asseoir dans la cabane du pêcheur. C'est un mauvais rêve, oublie-le !", en faisant référence à son énorme engin. Il l'encula si profondément, vingt-six centimètres dans son orifice plein d'excréments. Calvin voulait l'arrêter, mais son trou béant du bas rendait sa bouche béante en haut, de même que les yeux se faisaient globuleux. Il sentit ce que Wesson ou sa sœur Marie Madeleine avaient bien pu ressentir, et dire que cela lui avait valu un énorme coup au menton de la part de sa frangine… Il souhaitait être fille en ce moment précis. Il devenait libertine, une "catin", comme la chanson de Mylène Farmer que Dieu écoutait en boucle.

Coup de théâtre : le lendemain, il perçut une énorme bosse dans la raie. Une excroissance qui grandit tellement vite, qu'elle boucha sa sortie de selles. Et il avait mal, atrocement mal. La honte le gagna, parce qu'il ne pouvait plus se tenir debout et se cacha du reste de la fratrie. Il prit Barnabé à part, de nouveau dans la cabane du grand-père pêcheur. Barnabé lui signifia que non, même si le seul mot qui lui venait en tête, n'était pas une palabre, plutôt une onomatopée "Mmm…" "Allez vite fait d'accord !" "Non Barnabé, regarde mon anus… j'ai trop mal…" rétorqua Calvin, rabaissant froidement les ardeurs du "Rocco Siffredi" des temps bibliques. Une vision d'horreur survint, lorsque Calvin Klein baissa son cache-sexe. Le regard de Barnabé effrayé était contagieux. "Vas-y, dis-moi la vérité !" "C'est moche ! C'est comme les choux-fleurs pour la forme, mélangés aux betteraves pour la couleur, de tatie Huguette ! C'est « Braindead »" *(mot insufflé par Dieu, fan de la réplique du film : "Ta mère a mangé mon chien !")*

Lorsque son anus reprit sa forme initiale sans boursouflures, Calvin, en consensus avec la société, décréta le deuxième commandement : "Tu ne coucheras pas avec quelqu'un du même sexe." Dieu se retrouvait perplexe à cet énoncé. Il comprenait le malheureux incident qui était arrivé et oui, la fonction première de l'anus était de déféquer, mais bon comme beaucoup de parties du corps, cette zone était érogène. Il dota les hommes, du pied à la tête, de peaux et de muqueuses extrêmement sensibles, afin qu'ils prennent leur pied ! Tant que les deux ou plusieurs, même, étaient consentants et n'étant pas enfant, il ne voyait pas le problème… Soit, il n'interviendrait plus, s'était-il promis à lui-même.

Troisième commandement : "Tu attendras d'avoir 18 ans pour coucher." Un commandement qui ne venait pas de Calvin Klein, mais de Barnabé Smith. Traumatisé par la vue du trou-du-cul de son ami, il pensa qu'il fallait fixer une limite d'âge pour coucher. "Sûrement que l'anus de Calvin n'avait pas encore atteint sa circonférence finale", s'était-il dit. Les 18 ans correspondaient à la venue des règles de Marie, la plus vierge de toutes et aussi la plus retardée, physiologiquement parlant. Donc, sûrement à 18 ans, tout le monde était devenu fertile. Calvin Klein n'était pas content, puisqu'il n'avait que 12 ans et il avait déjà goûté au fruit défendu. Peu importe, il le ferait en cachette…

Quatrième commandement : "Tu ne coucheras que si l'autre personne est consentante." Ah, Dieu était fier de cette norme ! Enfin ! Encore attribué indirectement à Calvin Klein, quand il avait monté sa sœur qui s'en était offusquée, lorsque Dieu avait exécuté sa nouvelle prose informatique.

Cinquième commandement : "Tu ne feras pas d'orgie, même si les femmes ne font rien entre elles ou les hommes ne font rien entre eux." (renvoyant au deuxième commandement d'interdiction de l'homosexualité). Dieu se disait que cela ne pouvait pas se terminer qu'avec le quatrième commandement, qui était le seul valable avec le premier. "Qu'est-ce qu'ils sont cons !" leur asséna-t-il sans que les humains puissent l'entendre. Cette règle venait de Marie, la pucelle que personne ne voulait sauter. En conséquence, elle s'assura que les autres n'en profiteraient pas trop sans elle.

Dieu eut la sensation qu'il en manquait cinq autres des normes pour que cela fasse un chiffre rond. Mais bon, c'était trop leur demander. Après tout, ils venaient juste d'être dotés de raison.

Ce fut la fin de la première ère de l'homme…

… parce que Adam et Ève moururent, du fait que le vieillard pensait que la femme s'était empoisonnée avec une pomme qu'un serpent lui aurait dit de manger. Or, Ève délirait à cause des baies non comestibles qu'elle avait ingurgitées. "C'est un serpent qui faisait Sssss avec sa langue et il m'a dit qu'il fallait que je mange la pomme. « S'attends » qu'il disait, « S'attends ». Je pense qu'il voulait dire « J'attends » mais avec sa langue fourchée, il zozotait. Il me faisait peur, je n'ai pas pu lui tenir tête et…" Puis, elle s'évanouit. Adam se munit d'une branche effilée et se poignarda. Il aurait pu patienter juste un petit peu, du fait qu'Ève se leva juste après. À la vue de ce torrent de sang et de tripes à l'air, Ève n'y tint plus et répéta le même "modus operandi". Enfin, ça allait, Mr & Mrs Smith avaient atteint l'âge de 89 ans… Ils laissèrent derrière eux les familles Smith, Klein et les tous nouveaux venus, Dupont et Gabbana. D'autres suivraient au cours de cette période biblique.

2. JÉSUS

Marie Dupont connut enfin la joie d'être une femme, à part entière !

La pauvre, elle n'était pas très belle. Dieu la comparait à Mona Lisa, avec un regard ceci dit, peu intense, comme hébété. Le fardeau de la virginité paraissait lui courber le dos. Honteuse de sa vulve pure, cependant remplie d'une touffe disgracieuse, elle semblait porter le poids du monde. Elle travaillait à la ferme, accoutrée d'une tenue qui comportait une capuche de couleur blanche qu'elle avait tissée elle-même, avec la laine des moutons tondus. Bien sûr, le crottin des chevaux, des vaches et des porcs surtout, salit très vite ses affublements à l'identique. Elle allait souvent au ruisseau dans le but de frotter ses vêtements avec l'aide du savon concocté par son amie Marseille et fabriqué à base de graisses du bétail récemment sacrifié. Immaculée de bouse, elle s'attelait de façon guillerette à traire les vaches. Cela lui procurait un bien fou d'extraire le liquide blanc. Une fois la besogne achevée, elle ressentait toutefois une grosse amertume, lorsqu'elle contemplait de nouveau ses amies, les bêtes. Elles les voyaient se faire assaillir et les sexes très reluisants de fluide, mais peu reluisants de grâce, injectaient le sperme dans les méandres des femelles. Marie épiait leurs moindres faits et gestes et analysait comment elles réagissaient à cette monture. Les yeux s'ouvraient à l'infini, comme si les globes oculaires allaient sortir de leurs orbites. Les bruits attestaient d'un mélange de torture, d'exécution, entremêlé de plaisir inavouable. L'étable s'enivrait d'une odeur nauséabonde. La vache Milka était la pire de toutes. Elle en devenait violette du trou sous sa queue et violette de visage, quasiment. Quel dégoût ! Pourtant, à certains moments la vache paraissait réjouie aux yeux de Marie. "Elle se fout de ma condition de vierge, cette vache qui rit !"

Marie translata son intérêt vers le coït humain. Le sexe sentait-il aussi mauvais chez les hommes ? Un jour, Marie aperçut Marie Madeleine Klein prendre à part Dolce, du clan Gabbana et l'amena jusqu'à une barque de fortune, calée entre deux rochers, dans un petit ruisseau. Elle les suivit. Marie Madeleine quitta le cache-sexe que son frère confectionna pour Dolce Gabbana au moyen d'une toison blanche. Cette fois-ci, sans aucune envie de la part de Calvin d'enfreindre le deuxième commandement, quoi que… Tel un étalon italien muni de ses cheveux bouclés et d'yeux verts, Dolce se lança sur Marie Madeleine et se jeta littéralement sur "la chaste". "Marie Madeleine Casta ! Tu parles !"

Marie eut la sensation d'assister à la représentation de la perfection. Ils savaient ce qu'ils faisaient. La position des corps était mesurée au millimètre près, les mouvements des corps étaient chronométrés à la seconde près. Un millimètre trop loin ou une seconde de plus dans l'exécution des mouvements, aurait fait tout mettre à plat. Dolce était bon et surtout, il sentait très bon. Le mélange sexuel de Marie Madeleine et Dolce créait un parfum irrésistible aux notes épicées, fortes, appelant néanmoins à un constant renouvellement du plaisir sexuel. Marie vit alors comment elle se faisait pipi dessus, du moins c'était ce qu'elle croyait. Son clitoris venait de squirter si abondamment qu'il fit ressortir la trace marron de la tunique servant à traire les vaches. Elle savait désormais que Marie Madeleine était sûrement la plus cochonne ou la plus vache de toutes, d'ailleurs une rumeur courait qu'elle s'était faite culbuter par son propre frère… Cela devait être véridique, puisqu'à partir du coït avec Dolce Gabbana, elle puait le foutre à dix kilomètres à la ronde. Son odeur abjecte appelait les mâles de façon inconsciente à ce qu'ils la dominent et la mettent en cloque, en dotant les spermatozoïdes d'un énorme jet de chaux proportionnel à l'excitation et faisant alors la course avec la semence dernièrement injectée par l'ultime concurrent. Marie la vit à plusieurs reprises. Elle conclut que cela ne surpassait en aucun cas la performance de Dolce. Marie Madeleine sans Dolce, puait l'enfer. Marie Madeleine avec Dolce, sentait le paradis. En conséquence, la conclusion évidente était que le parfum de Dolce Gabbana constituait l'essence la plus délicieuse sur Terre.

Marie rêvait de devenir Marie Madeleine. A priori, il s'agirait simplement de rajouter "Madeleine" à son prénom. A cette époque, comme postérieurement d'ailleurs, le prénom "Marie" était utilisé à toutes les sauces. Mais non, ce n'était pas suffisant pour faire oublier la vierge qu'elle était. Il fallait passer à l'acte. Marie désirait pour cela, devenir la Marie Madeleine possédée par Dolce. La Marie Madeleine possédée par d'autres était un cauchemar de maladresse. Dans l'intimité, la vierge essayait de reproduire ses gestes, ses mimiques, ses suppliques, ses râles qui étaient tellement gracieux… Elle voulait être prête, lorsqu'elle se ferait assaillir par l'élu, le seul, l'unique, le grand amour. Elle s'imaginait que son prince charmant lui irait comme un gant, que son engin s'imbriquerait parfaitement dans ses profondeurs. Et la rencontre se ferait de façon si romantique, elle n'avait pas de doute là-dessus. Par exemple, elle se plaindrait comme à son habitude des souliers de torture faits par Ellesse, la première cordonnière que la Terre ait portée. La semelle était en bois et très souvent, les gens se faisaient des entailles accusées et pouvaient même mourir d'une gangrène se propageant à travers tout le corps. Marie ronchonnerait devant son bellâtre et lèverait son pied, pour l'en séparer de son instrument de torture. À ce moment-là, le gentleman ramasserait le soulier et de son canif fraîchement aiguisé par son meilleur silex, il taillerait cette chaussure à la perfection, lissant d'une main forte, qui savait râper là où il fallait. Les raclures sauteraient, n'altérant que très peu l'intensité des regards échangés. Il savait profiler sa plante, sans avoir le besoin de la voir. Il connaissait déjà par cœur les traits de sa bien-aimée. Ensuite, Marie passerait sa main, une fois le travail d'orfèvre fini, et elle s'exalterait devant autant de perfection. Si cet homme pouvait réparer sa godasse, nul doute qu'il pourrait lui enlever tous les maux de la planète, à commencer par sa maudite virginité ! Finalement, en coïncidence avec le coucher du soleil sur la plage, le gentleman s'inclinerait du genou droit devant sa promise et saisirait le pied nu, dans le but de lui enfiler délicatement la ballerine. Elle lui allait à merveille, comme il savait que son sexe se sentirait "chez lui" en son intérieur. Et la défunte pucelle et nouvelle star de l'érotisme (comme dans les téléfilms du dimanche soir sur la chaîne française M6 des années 1990-2000 où les actrices suggéraient la sensualité par des accessoires tels que des pots de fleurs ombrageant certaines parties de leur corps, pensa Dieu) s'inclinerait et braillerait délicatement, à la façon de Marie Madeleine montée par Dolce…

Malheureusement, ce ne fut pas ainsi que les choses se passèrent. Deux inconnus apparurent au royaume. Ils approchèrent Gilead du haut de leurs montures chevaleresques. Ils semblaient venir de très loin, puisque leurs peaux étaient bien basanées. Ils débarquaient du Sud lointain, d'une région vraiment plus aride que celle de la descendance d'Adam et Ève. En été, c'était des plaines qui s'étendaient sur des centaines de kilomètres, des plaines de paille sèche. Ils mouraient tellement de chaud qu'ils étaient en proie à de nombreuses hallucinations, surtout le premier, Quijote Cristo. Car ce très grand vieillard arborait une apparence frêle. En plein milieu de ces énormes territoires déserts, son cerveau lui faisait voir des cylindres énormes, blancs, munis de deux paires d'ailes, qui tournaient dans le sens des aiguilles d'une montre. Il se sentait en danger et s'en prenait violemment à ces monstres dénaturant le paysage, à ces engins prêts à voler. Non, il ne leur laisserait pas le temps de s'enfuir. Mais Sancho Panza, beaucoup plus petit et grassouillet, le ramenait sur terre et lui disait qu'il n'en pouvait plus de cette terre justement, si infertile. "Toutes ces conditions sont inhumaines, tu ne vois pas que cela te rend complètement dingue ? Regarde-moi, je n'en peux plus, je transpire tellement que j'attire tous les insectes. La nuit, ils me sucent de partout et pas ce que j'aimerais." Sancho voulait découvrir de nouveaux horizons, des terres abondantes et luxurieuses en végétation. Il était persuadé que cette planète abritait de tels endroits. Il fallait juste se mettre en marche. Ils suivirent l'étoile qui brillait le plus, la nuit et après des centaines de kilomètres, ils trouvèrent enfin cette contrée verdoyante.

Arrivés dans la première bourgade, la première personne qu'ils croisèrent furent Marie, à Gilead.

Marie était impressionnée par la sveltesse de Quijote. En plus, juché sur son cheval, elle eut en vision Marie Madeleine montée par Dolce, tout en remplaçant leurs têtes par Quijote et elle-même, comme ferait une adolescente des années 1990, qui collerait les images des 2Be3 sur sa pochette et en y accolant sa photographie. Quijote avait l'air d'un barbare avec cette peau si bronzée, si ridée, si esquintée, quasiment tuberculeuse. Cependant, il était haut et maigre et elle savait, par avance, de par ses multiples sessions de voyeurisme, que ce trait de personnalité augurait un énorme sexe, en bas. Plus les hommes étaient longilignes, plus le membre perpendiculaire au milieu rentrait profond. Elle se réjouissait. Elle devait écarter l'autre obèse. Elle indiqua à Sancho Panza le chemin pour aller chez McDonalds, le chasseur le plus prolifique de la tribu. Il avait toutes les viandes possibles et imaginables. Il savait les agrémenter de tomates, de laitue et d'une sauce blanche dont lui seul avait le secret. Pour cela, il disait qu'il faisait monter la graisse des animaux… En allant à son restaurant, Marie eut la sensation que les aliments n'étaient pas aussi bons qu'il le prétendait. Cette viscosité pâlichonne lui rappelait les jaillissements de foutre des mauvais amants de Marie Madeleine. Pas de Dolce, qui lançait son sperme magnifiquement en l'air, par des jets fins, mais surpuissants. Cela avait de quoi occuper ce "gros sac" de Sancho Panza pendant longtemps et effectivement, il mangea du McDonalds pendant dix jours consécutifs. Le dernier jour, Sancho Panza fut récompensé par un double étage de viande, de laitue et tomates, ainsi que d'une masse de pain que McDonalds venait de fabriquer, en travaillant le blé dans une installation faite à cet effet : un moulin.

La vierge Marie commença à aguicher Quijote de la même manière que le faisait la pute Marie Madeleine avec n'importe lequel de ces amants. Elle se lécha les babines et se massa les mamelons. Direct, Quijote n'en put plus et voulut la culbuter. Il sortit son énorme arme et la pucelle crut par moments que sa mâchoire se désagrègeait. Elle avalait comme elle pouvait, mais cela atteignait sa glotte, donc des relents du repas de midi lui venaient. Elle mit les dents et Quijote la repoussa violemment. Il sortit la langue de sa bouche, de façon à lui montrer les formes adéquates de la fellation. Marie s'exécuta et se surprit à aimer cela. A chaque léchée, elle sentait que Quijote grandissait dans sa bouche. Il sentait comme la viande passée de quelques jours de chez McDonalds, mais elle ne savait pas pourquoi, elle était excitée. Quijote la souleva et l'emmena sur une botte de foin, de toutes ses forces athlétiques sèches. Il lui enleva son cache-sexe et découvrit la forêt amazonienne. Oui, Quijote découvrit l'Amérique bien avant Christophe Colomb ! Des branches velues venaient recouvrir "L'Origine du Monde". Des mini-mygales paraissaient parcourir son pubis. Quijote continuait à masturber son sexe et la peur de Marie confessant sa virginité, alliée à la densité feuillue présentée le firent devenir plus allongé. Il voulait arriver jusqu'à sa cavité par le biais de sa langue, toutefois la vue était vraiment trop brouillée pour y voir quelque chose dans ce ciel ombragé. Il se releva soudainement et lui enfila son sexe, jusqu'au fond. Marie couina. Elle avait trop mal. Elle le repoussa. Cependant, Quijote était un vrai chevalier : il ne quittait jamais sa monture. Elle s'obligea alors à penser à Dolce prenant Marie Madeleine et elle feignit le plaisir. Elle inclina la tête en arrière maladroitement. Néanmoins, le cavalier rentrait de nouveau dans les recoins les plus caverneux, faisant redresser la tête de la vierge qui trahissait que son âme disparaissait dans cette violente étreinte. Quijote était sur elle et ne la laissait plus s'échapper, elle bougeait les jambes, comme une tortue renversée sur sa carapace. Le manque d'expérience de Marie l'excitait. Tellement, qu'il jaillit dans sa grotte. En pleine extase, il leva la tête quand soudainement, il aperçut au loin l'objet de ses cauchemars : le moulin de McDonalds. Quijote se retira violemment et cria comme une lavette, en proie à ses élucubrations. Il grimpa sur son cheval et s'enfuit loin, très loin. Il ne se sentait pas encore de taille pour affronter ses pires ennemis, les moulins...

Prise d'hébétude devant la fuite inopinée du goujat, la sotte mit la main dans son vagin et deux liquides se mélangeaient, un rouge et un blanc. *Et ce n'était pas deux types de vin !* Elle finit par vomir, ajoutant un autre chromatisme à ces fluides corporels. Tout à coup, un pigeon blanc vola au-dessus d'elle et lui cagua sur le visage, complétant alors la peinture, digne d'un Picasso. Elle était persuadée que c'était un dernier signe de Dieu, un mauvais présage, une punition pour son péché capital. Elle se jura que plus jamais, mais alors plus jamais, elle ne pratiquerait le coït. Cependant, le poids de la virginité enlevé, elle se sentait beaucoup moins niaise qu'avant et cet événement traumatique lui rendit sa légèreté de l'âme, d'autant plus que son bourreau avait pris la poudre d'escampette. Elle chantonnait toute la journée " Like a virgin ! Touched for the very first time !" ("Comme une vierge ! Touchée pour la toute première fois !" en français).

Quijote laissa derrière lui Sancho Panza devenu un accroc au McDonalds. Lui était ravi des mets exquis préparés dans cet établissement. Au dixième jour, McDonalds le vira en lui disant qu'il devait apporter une contribution à la communauté. Ceci dit, dans le but de l'encourager dans son œuvre philanthropique, il lui offrit son double étage d'hamburger qu'il appela "Big Mac". Sancho pouffa tout d'abord. Il se ravisa ensuite et se résigna à labourer les terres en vertu de l'économie de troc établie depuis peu dans cette partie de la Terre. Peu importe, il ne supportait plus sa région natale de Castilla-La Mancha. Même sa diarrhée chronique en valait la peine !

Marie tomba enceinte. Elle se figura que cet enfant était un miracle. Après tout, la seule fois qu'elle couchait et bingo, embarrassée d'un petit être humain ! Elle se devait de lui donner un prénom qui rappellerait d'une certaine façon Quijote. Mais comment l'associer à un événement qu'elle considérait réellement comme dramatique ? Elle rembobina, non sans mal, le film de la relation sexuelle. Et elle se rappelait le sexe du chevalier. Elle en avait pris plaisir, du moins dans sa bouche. Sucer était fantastique. "Je suce" dit-elle en elle-même. "Je suce, je suce, je suce !" En un éclair, elle pensa : "Et si je l'appelais, Jesuce ? Non, il faut dissimuler un petit peu." Elle continua à dérouler le fil de sa réflexion et en vint à vouloir donner un accent du sud pour "Jesuce", en guise d'hommage à son père. Elle n'avait pas de problème, puisque Sancho Panza, le meilleur ami de Quijote était resté à Gilead. Lui, il dirait plutôt "Yésouz". Un flash divin la transperça « J E S Ú S » !

Marie eut une grossesse délicate. Trois mois à vomir de partout et elle ne comprenait pas tout l'intérêt de la mise en cloque puis de la mise à bas. Elle pensait que les femmes se faisaient martyriser à coup de marteau-piqueur, ou bien, en version biblique, à coup de pierres granitiques taillées. *Oui, le granit a une grande dureté, soit dit en passant !* Et ce "granite-piqueur" était un vrai cauchemar… Comment Marie Madeleine avait-elle pris autant de plaisir ? Bon, avec Dolce, cela pouvait se comprendre, vu ses muscles proéminents antagoniques à cette peau "dolce" sans poils. *Voudrait-on faire du dur à partir du doux ?* De toute façon, Dolce avec son regard vert de lynx, c'était un homme, un vrai ! On pouvait lui mettre toute sorte d'accoutrements ou pas, il transperçait tout de son regard, de son sexe, de son âme.

Après les trois mois de vomissements, la panse de Marie augmentait. Elle était arrivée à se sentir étrangère à ce qui se tramait à l'intérieur. Plus le mioche poussait en elle, moins elle avait de place pour ses autres organes et plus son ergonomie interne fut violée. Marie commençait à le détester. Les circonstances de sa création avaient été abominables. Quoi espérer de mieux dans ce qui était réellement le pire de tout le processus ? Il était positionné par le cul, *ce petit enfoiré de Jesús.* Elle dut pousser à fond. Dieu vit la scène et ne put s'empêcher de voir le premier tête-à-tête de Ripley avec l'Alien, déchiquetant la chair par le biais de ses deux paires de mâchoires. Il adorait cette quadrilogie. Avec ses fesses venant en premier, Dieu eut la sensation de voir trois paires de lèvres gigantesques : les lèvres extérieures de Marie, les lèvres intérieures de Marie et les lèvres destinées aux résidus de Jesús. "C'est moche ! C'est moche ! Il crève à coup sûr !" Elle l'aperçut ensanglanté comme quand son vagin fut conquis, le parallélisme lui provoqua des frissons. Quel traumatisme que de faire rentrer le sperme ! Mais en comparaison, faire sortir un petit être de là… Rien à voir ! Passée l'horreur, l'acte fut considéré par la vierge comme un miracle : Jesús naquit en l'An 4 avant lui-même.

Jesús constituait un vrai prodige de la nature, tout de même. Bam, la vierge se faisait pénétrer et bam, elle nous sortait un garnement, de mauvaise manière, mais qui survécut. Même son aspect était miraculeusement… hideux ! Il avait déjà de longs cheveux à la Mick Jagger. Jesús était devenu tout pour Marie. Plus de culbute. Comme elle en avait horreur, donc elle ne se concentrerait uniquement que sur son fils. Elle n'avait pas autre chose à faire ! Elle adorait lui donner le lait, comme elle affectionnait tout particulièrement de sortir celui des vaches. Le lait était le sens de la vie. Cela débutait par ces grandes évacuées masculines durant la création et cela finissait par l'élixir blanc maternel, en vue de l'évolution. Marie aimait sortir son mamelon partout. Très "m'as-tu-vu", ou plutôt très "as-tu-vu-mes-seins". Elle était heureuse de l'amplification de sa cage thoracique et surtout, elle jouait un rôle dans la communauté. Elle avait procréé, première chose utile qu'avait jamais faite Marie.

Muni de sa figure d'homme des cavernes à la "Fraggle Rock", Jesús provoquait plus de rigolades que d'attendrissement de la part des autres. Sa mère n'en avait que faire. Il était parfait, le seul, l'unique. Mais, tout Gilead s'en prenait de plus en plus à ce bâtard au paraître orangé, couleur intermédiaire entre le blanc sain et le bronzé castillan d'apparence toute aussi saine. Cependant, l'orange, ce n'était que la couleur qui venait juste après une grosse jaunisse. Et à cette époque le jaune n'était pas chinois, mais plutôt équivalent à lépreux ! Dieu voyait Donald Trump en miniature en Jesús. "Qui voudrait bien de cela ?" pensait-il. Justement, Marie fit plus ample connaissance avec un charpentier, Leroy du clan Merlin. Ce n'était pas une lumière, ceci dit, un grand manie-tout. Elle ne savait pas pourquoi, Leroy se prit d'affection pour Jesús. Parfait, selon Marie, qui avait besoin de quelqu'un pour faire rentrer des vivres dans le foyer. Leroy fabriquait des armatures de bois à Gilead et cela leur garantissait des viandes de chez McDonalds en échange, par exemple. De plus, il était asexué donc, comme Marie, il n'était vraiment pas tourné vers la chose, ce qui faisait bien le compte de la "fausse Vierge touchée juste une fois". Leroy, ainsi que tout Gilead, savaient que Jesús n'était pas de lui. C'est pourquoi celui-ci garda l'identité de Jesús Cristo, *Jésus Christ pour la version française du livre.*

Malgré ses disgrâces handicapantes et le fait qu'il attirait les railleries de ses congénères, Jésus aimantait au contraire la curiosité des immigrants, des gens du voyage et autres personnages les plus ubuesques jamais rencontrés dans *notre contrée paumée.* Tout d'abord, trois Arabes venus en chameau, vêtus comme des drags queens, selon l'opinion condescendante, depuis le Ciel, de Dieu. Gaspard, Melchior et Balthazar venaient "dealer", mais ils s'étaient trompés de localité, visiblement. Ils avaient déjà amassé une bonne quantité d'or en chemin, en échange de leur haschisch fait artisanalement. Ils avaient pour consigne de trouver un homme travaillant la boiserie, dans le but de lui vendre la marchandise. Tout naturellement, ils pensèrent qu'il s'agissait de Leroy, le père adoptif de Jésus. Ils étaient des trafiquants certes, mais ils connaissaient les bons usages. Après avoir complimenté faussement Marie, ils firent de même avec le petit Jésus. "C'est un vrai petit roi, celui-là !" s'exclamait un des maures. Une fois le troc effectué entre Leroy et les rois mages d'Orient, haschisch contre des assemblages d'ébéniste, les visiteurs se remirent en marche. Cependant, ils laissèrent un lingot d'or au passage, juste à côté du berceau de Jésus, faisant la joie des villageois, qui n'avaient jamais rien vu d'aussi étincelant de leur vie. Ils se rappelaient les briquets tombés des cieux et pensaient que Dieu leur donnait un autre signe d'amélioration de leur existence. À partir de ce moment-là, ils inclurent l'or comme monnaie d'échange pour le marchandage. Tout avait un prix et les faveurs et contre-faveurs en nature disparurent dans la société de bien, "au blanc". Ils continuaient à subsister en tant que pots-de-vin dans la société de mal, c'est-à-dire "au noir". Ils avaient instauré des salaires à la hauteur des prestations réalisées de tout un chacun. Celle qui balayait les maisons, María du clan Da Costa, recevait le SMIC de Gilead, parce qu'il fut déterminé qu'il ne fallait pas beaucoup de connaissances artisanales dans la réalisation de cette tâche. En revanche, Leroy fut un des plus riches villageois, aussi par le fait que l'or venait de lui, du moins de son *amorphe* de Jésus. Pour le plus grand plaisir de Marie qui accumulait toutes les pièces de monnaie. Elle adorait économiser, elle ne savait pas trop pourquoi. Elle songeait qu'un jour cet acte serait de grande nécessité.

Quelques années plus tard, un gros bonhomme dans un anorak tout rouge avec des extrémités de laine blanche, tout droit venu de la Laponie, passait par Gilead avec son traîneau de cerfs. Comme chaque année, il voulait apporter des tonnes de jouets, la nuit du 24 au 25 Décembre 2020, surtout que la planète en avait plus besoin que n'importe quelle autre année contemporaine : un terrible virus faisait des ravages partout sur Terre. Il avait des tonnes de Barbie et Ken avec leurs décapotables roses, des GI Joe, des Lego et Playmobil, ainsi que des canards de bains avec extrémité pour ces dames et des godemichets doubles pour les couples gays passifs, entre autres. Ce retour en arrière perturba Santa Claus. Il avait dû dépasser la limite des quatre-vingt-huit miles à l'heure du convecteur temporel et en consultant son iPhone, le voilà arrivé à l'an 0 après Jésus Christ, celui-là même n'ayant que quatre ans. Le premier enfant qu'il vit, c'était Jésus en chair et os. Tout d'abord, il ne le reconnut pas en raison de son apparence de moucheton laid, mais la Vierge et le charpentier, à côté, ne laissaient pas de place au doute. Simplement, il ne l'imaginait pas aussi repoussant. Santa Claus savait toutefois que l'imagerie biblique était sujette à des siècles d'appréciation subjective des événements, en commençant par *les potes alcooliques* de Jésus qui donnèrent leurs premières versions altérées des faits. Cette erreur chronologique devait signifier quelque chose, sûrement le sauvetage de cette infâme année 2020. Se retrouvant à cet endroit précis, le 25 décembre de l'année 0, il laissa tout à Jésus, oubliant que les canards vibrateurs faisaient partie des étrennes, ainsi que les godes pour double pénétration anale. Marie le remercia de cette grande générosité et pensa qu'il devait être plein aux as, vu son énorme bidon, tout en étant un vieillard. Toutes ses possessions venues d'une autre contrée lointaine… "Ouah !" Elle examina plus particulièrement un des canards. Elle l'actionna et le fit vibrer. Soudainement, une connexion se créa en elle et elle s'enfonça la pointe du canard. Cela lui provoqua un plaisir énorme et indicible, et elle se mit à penser à Dolce. "Oh mon doux Dolce ! C'est dommage que je ne sois pas aussi pute que la Marie Madeleine !" Puis, lui vint le traumatisme du maladroit et monstrueux pénis de Quijote. Elle ressortit de sa chambre ébouillantée et épouvantée et cria : "Le Père Noël est une ordure ! Ces jouets sont là pour corrompre notre jeunesse ! D'après le troisième commandement, Santa Claus doit mourir !" Il voulut s'expliquer mais le décalage des époques aggrava le tout. Il désira s'échapper, reprendre ses rênes et faire marche avant, en 2020. Or, les villageois de Gilead l'arrêtèrent. Santa Claus fut exécuté et embroché comme une grosse truie avec un citron dans la bouche, ainsi que les rênes qui étaient si appétissants, lors d'un barbecue avec un feu allumé par les briquets, précédemment envoyés par Dieu. Et voilà comment Noël s'arrêta pour toujours en l'An 2020, même si cette année marqua un autre tournant dans le monde. *Ceci était une toute autre histoire…*

Revenons-en à nos zigotos de l'An 4 ou 0, selon le référentiel de temps pris en compte ! Au vu des multiples événements bizarres associés à Jésus, il fut très vite montré comme un enfant prodige, alors qu'il n'avait rien de tel. "Qu'est-ce qu'il est moche ce mioche, mais qu'est-ce qu'il a le cul bordé de nouilles !" s'esclaffait Dieu depuis la mousse party de nuages qu'il avait organisée avec d'autres déités mondaines.

Après une enfance chancelante mais finalement fabuleuse, Jésus prit une allure bien plus rassurée dans son adolescence. Il avait toujours une tignasse de rocker. Ce qui se raffermit en lui, fut son enveloppe. Il devint très athlétique et abandonna ponctuellement son teint de faux alcoolique. Sans nul doute ses meilleures années correspondaient au solstice de sa vie. Il avait tout un tas de camarades comme lui, des vrais baroudeurs : Marc, Jean, Luc, Matthieu et Pierre, entre autres. Toutes les filles néanmoins, n'avaient d'yeux que pour Jésus, avec son allure de "Conan le Barbare" des temps anciens. Sa réputation en fut rehaussée quand il accomplit des soi-disant miracles avec l'aide de ses collègues fripouilles. Quel était le but recherché ? *Pouvoir se faire les nanas qu'ils voulaient, pardi !*

Tout d'abord, ce fut l'illusion de marcher sur l'eau. Comment le faire, si le principe d'Archimède allait à leur encontre. "Tout corps plongé dans un liquide reçoit une poussée verticale, dirigée de bas en haut, égale au poids du volume d'eau déplacé"… Faisant fi de l'énoncé d'Archimède, ils donnèrent leur crédibilité à la troisième loi de Newton. "Lorsqu'un corps exerce une force sur un autre, le second exerce toujours sur le premier une force d'intensité égale, selon la même direction, mais de sens opposé." Les fourbes placèrent de grandes pierres dans l'eau, quasiment jusqu'à la surface. Cela changeait complètement la donne. Jésus demanda à Ellesse des sabots non dérapant dans le but de réaliser cette performance et ils attendraient simplement le mauvais temps pour ajouter à l'illusion d'optique. Ce fut le cas, le "boys band" appela tous les villageois de Gilead, un jour où il se mit à pleuvoir des cordes. Jésus faillit tomber. Toutefois, il marchait sous un torrent de pluie sur le ruisseau, littéralement ! Les foules l'acclamaient. Les filles lui jetaient leur cache-sexe pour l'appâter et se mettaient à danser, comme si elles avaient pris de l'ecstasy à un festival pluvieux de Solidays. *Opération réussie, partouze garantie !* Et Jésus n'avait pas encore 18 ans : l'infraction du troisième commandement n'était pas problématique, au vu de l'étrangeté des faits exécutés.

Trente-quatre autres épisodes de la sorte vinrent compléter cette supercherie durant seize, peut-être dix-sept ans de plus. Cela laissait le temps à Jésus pour bien planifier les événements miraculeux, enfin miraculeux, seulement dans l'illusion d'optique opérée. Le plus important selon Jésus, c'était celui de la transformation de l'eau en vin. Il mit des grappes de raisin dans un tonneau, muni d'un tube acheminant l'eau depuis le récipient cylindrique et bombé. Il se faisait un plaisir d'exploser les raisins avec l'eau dans le tonneau, en face de la foule. Le fluide des grappes giclait sur lui, comme une promesse de ses futures giboulées sur les seins de ces dames, attentives devant la matérialisation de ce nouvel exploit. Mais là, les regards étaient plutôt de défiance, puisque les *péquenauds* de Gilead ne voyaient pas dans la cuve opaque, où était évacué le breuvage fruité. Jésus avait déjà répété la performance et il savait qu'il lui fallait du temps pour faire fermenter le liquide. Au bout d'une dizaine de jours, Jésus et ses "Backstreet Boys" invitèrent tout Gilead à festoyer. Oui, l'eau s'était convertie en vin et les filles encore une fois sous l'ivresse du liquide et de l'exploit, se déshabillaient désinhibées. *Quelle récompense de Dieu !*

Il y eut un autre épisode similaire, où il semblait que Satan s'était invité aussi. Jésus voulait inviter tous ses douze potes dans le but de les gratifier de leur complicité. C'était lui, le premier bénéficiant des miracles et il se sentait redevable envers les "Backstreet Boys". Bon, bien sûr, son souci de protagonisme le fit se placer au milieu. L'objectif était de les remercier, mais *il ne fallait pas pousser Mémé dans les orties quand même !* Il commanda des viandes fraîches de McDonalds et ils se donnèrent à cœur joie, sur les chairs des dépouilles, tels des cannibales. Plus que de la nourriture, ils consommèrent de l'alcool à n'en plus finir. Et ce qui arriva les dérouta tellement qu'ils se jurèrent que personne n'en saurait exactement les détails. "Ce qui se passe à la Cène, reste à la Cène" proclama Jésus, en mettant une pièce de monnaie d'or dans son fion puis la léchant avec sa langue, au summum de la nuit de luxure, qu'ils s'étaient donné entre machos. Complètement bourrés ou plutôt, déjà avec une gueule de bois incommensurable, Marc, Jean, Luc et Matthieu eurent l'idée de laisser des écrits de tout ce qu'ils avaient accompli, une sorte de testament pour l'humanité qui les garantirait du moins, pendant leur existence, des parties de sexe, jusqu'à même bien entrés dans l'âge délicat des vieillards.

Le lendemain, à l'aube, Jésus, encore complètement saoul, alla dans l'atelier de son père adoptif Leroy et tomba dans un coma éthylique sur deux planches croisées, munies de clous à leurs extrémités. Leroy ne savait pas encore quoi faire avec réellement, peut-être des poutres pour la toiture de Satan. Jésus mourut là, cloué dans cette croix boisée. Cependant, il ne souffrit pas, car il était complètement inconscient. Les Backstreet Boys le découvrirent et le réveillèrent. Dernier miracle : il ouvrit ses grands yeux marrons inexpressifs en temps normal, mais là, tout injectés de sang et de douleur. Il cria un "Aïe !" et mourut de nouveau, cette fois-ci, pour de vrai.

Les "Backstreet Boys" étaient tellement attristés, d'une part un peu par la mort de la star du groupe et surtout par le fait qu'ils ne baiseraient plus ces demoiselles, jusqu'alors trop crédules. Ils se rappelaient leur promesse d'écrire ce testament. Une autre cène au caractère politiquement correct cette fois-ci, eut lieu, afin de joindre toutes leurs idées ensemble : " Plus c'est gros, mieux c'est ! dit Jean.

— Ok, on va même changer les lieux et dire que c'est dans des terres lointaines imaginaires, le lieu de toutes les péripéties avec d'autres personnages qui n'ont jamais existé ! renchérit Matthieu.

— On va déformer toute la réalité, ainsi que les légendes de Gilead, ce qui arriva à Adam et Eve, modifier les commandements, on peut inventer aussi une espèce de déluge avec un grand gaillard, par exemple, qui a fabriqué un bateau pour sauver l'humanité et les animaux", rebondit Marc.

Enfin, Luc trama le coup final en rapport à l'épopée du personnage principal : "Jésus était un messager envoyé par Dieu pour faire le bien, un « Messie ». Tout plaisir doit être pensé comme un péché, pour que les filles ne couchent pas si facilement, mais seulement avec nous !

– Comment appelle-t-on l'œuvre ? Le Bib ? osa Luc, après quelques suggestions de ses camarades, en référence au biberon de lait dédié à ces demoiselles.

– Il nous faut quelque chose de moins flagrant… Hum je sais, on met « bib » et après « le ». Le Bible ! déclara Jean sous l'effet d'un éclair de génie, comme dirait Archimède : « Eureka ! »

– Changeons le genre pour pas que cela soit associé à nous. LA BIBLE !" conclut Matthieu.

Les "Backstreet Boys" sans leur protagoniste, le "Nick Carter" de la Bible, écrivirent donc leurs Testaments, en en faisant plusieurs tomes, l'Ancien, le Nouveau pour délimiter les histoires dans le temps, tout en ne sachant pas qu'ils auraient autant de succès. Ils confectionnaient le livre le plus vendu au monde, en suivant leurs élucubrations lors de nombreuses beuveries, sans leur chef Jésus. "Jésus si tu nous regardes !" proclama un jour, Matthieu, en levant son verre de vin vers le ciel.

Non, ce n'était pas Jésus qui regardait, mais Dieu, outré. "Ils ont osé inventer qu'un dieu a envoyé Jésus sur Terre… Non, personne ne croirait cela…" Il était perturbé devant les manipulations de ces usurpateurs. Il consulta alors le Tribunal Divin, dans le but de savoir si la gestion de la croyance créée chez les "hominidés évolués" lui incombait. Devant l'engouement futur que susciterait la nouvelle religion, la réponse fut unanime et affirmative, au grand désespoir de Dieu…

Celui-ci était intemporel, ce qui signifiait qu'il pouvait consulter tout ce qui se passerait dans le futur, en correspondance avec telle ou telle incursion commandée par ordinateur. Il pouvait revenir en arrière, s'il n'était pas satisfait. Cela dit, c'était contraire au serment divin de déontologie prêté à l'entrée du Ciel. Il savait qu'il enverrait des personnes au long de l'histoire de l'humanité, de vrais Messies, pas comme cet escroc de Jésus, pour faire évoluer les hommes. Ces expéditions lui permettraient de bénéficier d'une culture pop en ébullition, à partir des années 1970 et c'était cela qui comptait. Il raffolait surtout des chansons et des films américains dans les années 1990 – 2020, il avait une vision assez globale de ce qui se faisait dans la musique et le cinéma contemporains de la fin du XXe et début du XXIe siècles. Il savait pertinemment qu'il ne pouvait interférer indéfiniment sur ses créatures. Preuves en étaient les péripéties découlant des voyages dans le temps de Marty McFly dans la trilogie de "Retour vers le futur" ! Les hommes étaient passionnants d'intelligence, mais aussi d'irrationalité, et il voulait étudier au jour le jour leur évolution. Les quelques fois bien comptées où il était intervenu lui avaient permis de faire naître son idole de tous les temps : Britney Spears !

Et comme elle disait :
"If you feel it, let it happen
Keep on dancing, til the world ends"

"Si tu le ressens ainsi, fais en sorte que cela arrive
Continue à danser jusqu'à ce que le monde se termine"

Dieu en fit le serment : "Je le ferai, Britney !"

DEUXIÈME PARTIE

DE L'ANTIQUITÉ À L'HISTOIRE CONTEMPORAINE

1. LES MESSIES SCIENTIFIQUES

Dieu se retrouvait perplexe devant la naissance de la croyance qu'il régissait en tant que chef tout-puissant. Selon lui, il était important de ne pas le vénérer, il s'agissait bien plus de croire en son prochain. L'homme était capable du pire sans amour, il voulait constituer celui qui inspirait cet élan de compassion envers l'autre. Au travers de quelque forme que ce soit : amour, amitié, empathie, générosité, sensualité, sexualité, complicité, connivence, respect, tolérance. A l'exception ceci dit, que ce dernier substantif représentait la limite du bien, puisqu'il pouvait fixer une frontière entre deux êtres, implicitement : la différence. Et celle-ci faisait peur, très peur. L'homme demeurait un animal doué de raison. Il se distinguait donc de ses congénères "multi-pattes" par le savoir d'exister. Et cette connaissance était terrible à porter pour l'âme. Cela se voyait dans les attitudes des animaux, en comparaison à la race humaine. Ils répondaient à des instincts primaires : manger, boire, dormir, forniquer et respirer. L'homme faisait de même, mais il se posait bien plus de questions qui impliquaient d'autres paramètres dans ces labeurs.

Le "Manger" des animaux se transformait en "Je vais manger des pommes de terre consistantes et de la viande de bœuf, ainsi je serai bien rassasié pour quelques heures".

Le "Boire" des animaux devenait "Je vais m'abreuver en vin, comme ça, en picolant, j'oublierai ma condition de pauvre".

Le "Dormir" des animaux pouvait devenir un cauchemar pour les êtres humains : "Je n'arrive pas à fermer l'œil, parce que je sens que ma femme a un penchant pour mon voisin".

Le "Forniquer" des animaux était parfois ressenti comme "Qu'est-ce que j'aime te faire l'amour, toi la prunelle de mes yeux", dans le but d'anoblir cet acte sauvage.

Le "Respirer" des animaux était, peut-être, l'action qui ne suscitait pas de réflexion envers l'accomplissement de cette tâche innée, chez les humains. Cependant lorsque la respiration venait à manquer, lors d'une pneumonie causée par un certain virus, cela pouvait ajouter un effet d'hyperventilation horrible à assimiler, amenant à une souffrance finale et une ultime réflexion angoissante "Je n'arrive plus à respirer, vais-je mourir ?".

Tout geste humain était accompagné des mouvements pour le réaliser, mais aussi de la pensée, quant à cette même réalisation. De quoi devenir fou ! Néanmoins, Dieu vit à travers les siècles comme les hommes pouvaient être aussi barbares que la faune. Des empires, tous plus sanguinaires les uns que les autres, anéantissant toute autre civilisation déjà mise en place. Des conquêtes de plus en plus lointaines entraînant aussi le meurtre, le viol, le pillage des indigènes. Merci Christophe Colomb en 1492 ! Et non contents de les spolier, ils leur imposaient la religion catholique. Les guerres de religion déprimaient particulièrement Dieu. La Bible, écrite de la main de l'homme, punissait franchement ces travers de "Conquistadores" … En Europe, il y eut aussi l'époque de la Sainte Inquisition et cela finit par achever Dieu, qui se mit à boire plus que de raison. "Comment peuvent-ils être aussi bestiaux ?" Il comprenait que les sociétés mises en place n'aidaient en rien dans l'évolution, depuis la sauvagerie inhérente aux animaux jusqu'à l'empathie extérieure des humains. Un petit pourcentage de la population – bourgeois, nobles et rois – accédait à des énormes privilèges et la grande majorité derrière *trinquait à mort*. Cela ne menait pas à avoir des réflexions philosophiques, non…

En conséquence, Dieu se devait d'intervenir. Il fallait que les humains s'éloignent de lui, afin de se retrouver entre eux, donc les doter de plus de raison.

Le monde qu'il avait créé, en collaboration avec un autre collègue céleste, était extrêmement complexe. C'était d'ailleurs sa plus grande fierté, plus que l'apparition de l'homme en lui-même.

L'univers était illimité, parsemé de galaxies, de planètes nulle-ment habitables. Seulement la Terre l'était, avec une autre située à d'innombrables années-lumière, la dénommée "Earth 2.0". La position de la Terre avait été idoine, du fait qu'elle était munie d'une atmosphère qui protégeait des conditions climatiques extrêmes. La vie pouvait donc éclore. Depuis les organismes unicellulaires jusqu'aux animaux, en passant par l'homme. Toute cette faune et cette flore évoluaient dans une scène ronde : le globe terrestre, même si elles-mêmes n'en avaient aucunement conscience. En réalité, Dieu fit la métamorphose des espèces au moyen de son imagination concrétisée sur des croquis et ensuite matérialisée informatiquement. Le "vivant" était menacé d'ex-tinction en permanence, car posé sur une "bombe à retardement". La sphère comportait, en son noyau, des matières chaudes, qui pouvaient se manifester en surface, sous forme de volcans, mon-tagnes, tremblements de terre, tsunamis. Ils n'étaient pas à l'abri non plus d'objets volants de l'espace extérieur ou des perturba-tions du ciel, tels que les ouragans, les tempêtes, les tornades, la sécheresse, les inondations etc. Certaines espèces pouvaient souffrir de ses altérations terrestres. Ajoutée à cela, l'interaction avec d'autres races invasives comme... les propres hommes, par leur instinct de conquête perpétuelle. Ils ne pouvaient échapper à cette Terre, puisqu'une force invisible les collait littéralement au sol : la gravité. Les molécules de la vie avaient leurs comporte-ments, leurs phases, etc. Par exemple l'eau, si essentielle à la vie. Les Terriens jouaient avec les trois états présents de l'eau : solide, liquide, gazeux. Or, ces mêmes molécules étaient formées d'atomes et si on transperçait ces mêmes atomes, très vite, des espèces encore plus petites nous *sautaient au visage* : des protons, des électrons, des neutrons. Bref, l'univers infini n'était "guère" que la multiplication à l'infini d'entités finies.

Dieu commença un nouveau fichier informatique qu'il intitula : "Comprends ton monde".
L'idée était de "surdoter" de capacités intellectuelles certains habitants de la Terre déjà prometteurs dans leur domaine, tout

au long de l'histoire. Cela lui valut quelques heures de codes alambiqués sur C++. Ce n'était pas une mince affaire. La joie le tenait en haleine devant son méga PC. Le jeu en valait la chandelle. À la clé aussi : "Britney Spears on stage !" («Britney Spears sur scène !" en français).

C'était surtout à partir des XVIe – XVIIe siècles que les hommes pouvaient réfléchir de manière cognitive, en dépit de leurs conditions très souvent misérables. Puis, au XIXe siècle, ce fut le boom scientifique. D'ailleurs, Dieu promit au Tribunal Divin qu'il n'enverrait plus de "surhommes" postérieurement. Il fit naître des génies de la science avec un énorme... "cerveau". *Vous avez eu peur non ?* Il y en avait trois particulièrement, qui contrariaient la religion catholique d'une certaine manière : Galilée, Darwin et Einstein.

Et les voici, les super héros du Moyen-Âge et de la Renaissance. *Cette liste n'est pas exhaustive et nous prions les "laissés-pour-compte" de ne pas s'offusquer depuis le Ciel, ce livre n'est pas initialement formaté pour plus de deux cents pages, veuillez nous en excuser d'avance... Si vous nous regardez, chapeau les artistes !*

Commençons par un pur génie de la nature, peut-être le premier que la Terre ait porté. Léonard de Vinci (1452-1519) était un peintre italien et un homme d'esprit universel, à la fois artiste, organisateur de spectacles et de fêtes, scientifique, ingénieur, inventeur, anatomiste, peintre, sculpteur, architecte, urbaniste, botaniste, musicien, poète, philosophe et écrivain. *Que ne savait-il pas faire, Léonard ? On pourrait faire la liste plus rapidement, par la négation.* Tout d'abord peintre, Léonard de Vinci réalisa les œuvres mondialement connues "La Joconde" et "La Cène" *(!)*. Comme ingénieur et inventeur, Léonard développa des idées très en avance sur son temps, des prototypes d'avion, d'hélicoptère, de sous-marin et même d'automobile. En tant que scientifique, Léonard de Vinci consacra une grande partie de sa vie à l'étude de l'anatomie, du génie civil, de l'optique et de l'hydrodynamique. Oui, Dieu hallucina, quand il relut son Curriculum Vitae. *Le vrai Dieu, c'était lui. Merci* !

Galilée (1564-1642) était un mathématicien, géomètre, physicien et astronome italien. Il démontra plusieurs lois de la physique, comme la "relativité du mouvement" et défendit les découvertes et théories de Nicolas Copernic, selon lesquelles les astres tournent autour du Soleil, plutôt qu'autour de la Terre. De nombreux membres de l'Église catholique, mais aussi des savants, virent ce postulat comme un affront à la création divine. Quelle ironie du sort ! Dieu en était peiné depuis son hamac nuageux KKK en forme des fesses de Kim Kardashian et de design Klein *(Notre Calvin avait gagné son entrée dans le Ciel de justesse, disons qu'il n'avait pas été méchant, juste un peu benêt sur Terre. Il se recycla dans le design de meubles célestes en tout genre).* Galilée fut jugé en raison de ses commentaires outrageant, comme "et pourtant, elle tourne !", et sans aucune rétractation de sa part. Il fut condamné à de la prison, mais finalement mourut en détention dans sa propre maison. Galilée était sûrement l'instigateur de la science moderne et fut le premier à remettre en question la géocentricité et de façon indirecte, l'égolatrie des hommes. *Merci* !

Isaac Newton (1642-1727) était un mathématicien, physicien, philosophe, alchimiste, astronome et théologien anglais, *rien que ça* ! Il avait fondé la mécanique classique, pour sa théorie de la gravitation universelle. En optique, il développa une théorie de la couleur basée sur l'observation, selon laquelle un prisme décomposait la lumière blanche en un spectre visible de toutes les couleurs. Cela rappela à Dieu un mème des temps modernes énonçant que Newton avait inventé l'homosexualité, puisque l'on voyait les couleurs du drapeau gay apparaître dans les reflets du prisme. *Tordant de rire ! En tout cas, Newton était sans nul doute un génie, merci* !

Avançons dans le temps et venons-en à notre scientifique, peut-être le plus problématique au milieu des ténèbres de l'ignorance des hommes : Charles Darwin (1809-1882). C'était un naturaliste et paléontologue anglais dont les travaux sur l'évolution des espèces vivantes révolutionnait la biologie avec son ouvrage "L'Origine des espèces" paru en 1859. Il adopta l'hypothèse que toutes les espèces vivantes avaient évolué au cours du temps à partir d'un seul ou quelques ancêtres communs et que cette même évolution s'était faite par "sélection naturelle". *Il avait raison oui et non.* Dieu créa cette transformation, fruit de millions d'années de changements, mais en une semaine. Les premiers hommes étaient Adam et Ève. Cela dit, il les érigea à partir du singe et réalisa des croquis avant d'arriver à la version moderne. Adam et Ève, c'était la "version 4.0 des singes". Il y eut, entre temps, les Australopithèques et les Néandertaliens. Il fit redresser les hommes parce que, sincèrement comme chasseurs, à l'effigie de Adam, ils ne valaient pas grand-chose. Tout ceci, à coup de déformations informatiques des séquences de l'ADN. Le plan de Dieu était tout simplement brillant, car ces mêmes singes constituaient le fruit d'une transition des espèces aquatiques à semi-aquatiques, puis terrestres. Ce n'était pas tout, ces animaux "trans" venaient eux aussi des métamorphoses cellulaires. Dieu cria depuis son hamac KKK : "Adam et Ève ne sont pas vos ancêtres, mais une unique cellule, arrêtez d'être aussi égocentriques !" *Arrêtons un peu un moment : "Adam et Ève sont-ils compatibles avec l'évolution ?", vous demanderez-vous.* Oui, puisque Dieu fit vieillir artificiellement et exagérément la Terre. De même il laissa des preuves de l'évolution durant des millions d'années, des fossiles en tout genre. Il inventa même une espèce iconique disparue, les dinosaures ! Oui, cela servait l'argumentation de Charles Darwin qui avait quand même percé le secret de la Création, lui-même. Au début d'ailleurs, Darwin ne doutait pas de la véracité de la Bible. En revanche, un tel esprit intellectuel était trop exceptionnel pour croire tout ce qui y était consigné. Il se heurta aux dogmes des ecclésiastiques. Selon la religion catholique, c'était une révolution. C'était comme quand Justin Timberlake arracha la chemise de Janet Jackson pour y faire apparaître un sein devant des millions de téléspectateurs américains faussement puritains au spectacle de la Super Bowl en 2004, pensa Dieu. Il fallut attendre jusqu'aux années 1930, pour que la théorie de Darwin soit finalement accréditée. Dieu confessa en lui-même : "Tu es mon chouchou Darwin, merci infiniment !"

Passons à un autre. Les autres scientifiques commencent à être jaloux... Louis Pasteur (1822–1895) était un scientifique français, chimiste et physicien de formation. Pionnier de la microbiologie, il mit au point un vaccin contre la rage. Et oh que c'était important la vaccination ! Pasteur sauva des millions de vie par cette découverte. Il n'était peut-être pas aussi "polyvalent" que certains de ses anciens acolytes. Cependant, l'héritage scientifique légué était réellement d'une importance capitale pour la survie de l'homme. *Merci Louis !*

Suivant ! ou plutôt, suivante ! Marie Curie (1867-1934), parce qu'il faut placer au moins une femme, sinon les lectrices vont qualifier le narrateur ominscient de misogyne ! Non, il ne l'est pas du tout. Marie Curie était une femme extraordinaire, une physicienne et chimiste polonaise, naturalisée française. Pierre Curie, son époux, et elle partagèrent avec Henri Becquerel, le prix Nobel de physique de 1903 pour leurs recherches sur les radiations. En 1911, elle obtint le prix Nobel de chimie pour ses travaux sur le polonium et le radium. Scientifique d'exception, elle était la première femme à avoir reçu cette gratification. Et on commençait à s'attaquer à un machisme séculaire, qui avait mis injustement de côté les femmes. *Merci Marie !*

Enfin, le dernier que le narrateur omniscient citera, Albert Einstein (1879-1955). Il était tellement intelligent, cet homme, que Dieu ne comprenait plus grand chose à ce qu'il avait fait, découvert. C'était quand même remarquable qu'un homme, fruit de la création de Dieu, venait à le surpasser ! Il publiait sa théorie de la relativité restreinte en 1905 et sa théorie de la gravitation, dite relativité générale, en 1915. Son travail était notamment connu du grand public pour l'équation $E=mc^2$, qui établit une équivalence entre la masse et l'énergie d'un système, faisant écho aussi au programme scientifique sur la sixième chaîne française, E=M6, que regardait

Dieu, mais très peu souvent, quand même. Einstein était directement associé à l'intelligence, le savoir, le génie à l'état pur dans l'imagination collective. *Bravo Albert !*

Mis à part ces confrontations plus ou moins directes avec le dogme catholique, bien souvent, il n'y avait pas eu d'effets constatables sur l'Homme, dans le moment présent. La science était réservée aux spécialistes et aux grands curieux de l'observation de ce qui les entourait. Une large partie de la population était bien trop occupée à survivre, puisque des privilèges infinis étaient accordés à un faible pourcentage, pendant de nombreux siècles. On accordait une vie de misère au plus grand nombre. Ce n'était qu'au XIXe siècle que l'éducation commençait à être un droit accessible à travers le monde.

Dieu avait en tête que l'envoi des Messies scientifiques ne se ferait pas ressentir immédiatement. Il assistait impuissant à des guerres entre les nations à travers des centaines d'années, mais les combats étaient, sans doute, bien rudimentaires. Cependant, ce qui le rendit particulièrement perplexe, c'était de constater que la science aussi, pouvait servir ces actes belliqueux immondes. Cela commença avec la Première Guerre mondiale, alors que des avancées étaient en train de se faire dans la physique quantique avec entre autres, *notre cher Einstein.* Les méthodes d'armement se perfectionnèrent, en vue de causer le plus de dégâts possibles. Les mitrailleuses et les grenades accomplirent merveilleusement leur destin macabre, faisant s'amonceler des millions de victimes. L'artillerie lourde fut optimisée lors de la guerre des tranchées, impliquant des quantités de projectiles tout simplement démentiels. C'était aussi le théâtre de l'utilisation des chars d'assaut. Enfin, tous les milieux servaient pour faire la guerre : l'air et l'eau, en plus de la terre. La Première Guerre mondiale vit naître les attaques aériennes et sous-marines.

"Un conflit mondial, mais ils sont complètement tarés !" s'était exclamé Dieu lors de la déclaration de guerre. Et tout ceci à cause d'un malencontreux événement à Sarajevo, où le couple héritier du trône austro-hongrois avait été assassiné par un nationaliste serbe, lors d'un attentat… "Qu'est-ce qu'on s'en fout de ce gitan !" avait renchéri Dieu, dédaigneux, lové dans un bain de nuages gris pour ressentir l'humidité rafraîchissante sur sa peau. Un mois plus tard, le conflit était centré sur l'Europe, a priori, mais non, c'était sans compter l'implication des colonies des différents Empires occidentaux… "Quel bordel ! La Terre est en feu à cause de ses habitants ignares !" Tous les jours, Dieu commençait le matin par lire les journaux, puis tôt dans l'après-midi, il allait au "God Bar". Là, les déités se mélangeaient avec les élus de la Terre pour vivre éternellement dans une forme rajeunie, dans le paradis. Et les quantités d'alcool que prenait Dieu ne se résumaient pas à la dégustation de la fermentation de l'orge. Le raisin y passait aussi. Jusqu'aux années 1916-1917, où il commença à tourner au whisky "on the rocks". Accoudé sur le comptoir du bar, il se faisait sortir assez souvent par le barman, jusqu'au jour où il en fut banni, de par ses multiples excès. Il n'y avait plus que le Heaven, la discothèque du Ciel qui organisait régulièrement des nuages party, qui l'accueillait. Il fallait dire que Dieu laissait des sommes astronomiques d'argent et le local avait besoin de la venue de plus de personnalités divines. Malheureusement, celles-là profitaient beaucoup plus du recueillement et donc du silence qui le caractérisait, que le "Choumba choumba" accompagné de lumières stroboscopiques et musique, à fond le Dolby surround. Dieu en oubliait de lire les journaux, ce qui, de toute façon, aurait déclenché plus tôt sa journée de beuverie sans limites. Il n'avait plus besoin de stimulus pour cela. Bouddha l'arracha d'un presque coma éthylique, fin 1917, et le rappela à l'ordre, lui signalant que les choses paraissaient s'arranger sur Terre. Dieu se remit à lire les journaux, le matin, et au fur et à mesure, restreignait petit à petit, par lui-même, les spiritueux ingurgités. La visualisation de la fin du conflit terrien amorçait celle du bout du tunnel jusqu'à la santé mentale divine. Dieu célébra la fin de la Première Guerre mondiale le 11 novembre 1918 sans aucune goutte d'alcool, depuis des années d'ivresse, quatre en tout.

De nouveau libre de toute addiction, il eut un repos important les premières années. Néanmoins, la scène internationale se densifia avec la rancœur des Allemands par rapport à la capitulation lors de la Première Guerre mondiale et des conditions ignobles qui leur avaient été imposées dans le Traité de Versailles. Ensuite, il y eut cette crise boursière de 1929, plongeant le monde dans une misère jamais vue dans cette contemporanéité. Et surtout, il y avait un personnage, *une espèce de charlot frustré par ses échecs aux Beaux-Arts...* En Allemagne, il parlait avec une véhémence spectaculairement dangereuse. Il hypnotisait les foules par son discours xénophobe, antisémite et ultranationaliste. Le pire était qu'il s'était fait élire démocratiquement : Adolf Hitler.

Deuxième Guerre mondiale et rebelote, voici Dieu qui répétait le même schéma d'antan. À l'exception près qu'il se forçait à ouvrir les journaux tous les matins, peut-être pour se donner un minimum de bonne conscience. L'alcool à la discothèque Heaven coulait à flots dans l'enveloppe charnelle de Dieu. Toutefois, celui-ci ne se limita pas qu'à cette substance. Lorsqu'il vit apparaître l'ignominie des camps d'extermination des Juifs, en vue de la Solution finale de *l'autre abruti à la queue miniature,* il prisa une autre substance illicite, cette fois-ci la cocaïne. Il avait déjà essayé au temps des camps de concentration. Néanmoins, il redoutait ses effets, donc ne se permettait que quelques lignes, durant la soirée hebdomadaire libertine "God gode" du Heaven. Puis, les nouvelles du front s'améliorèrent. De même qu'à la fin de la Première Guerre mondiale, Dieu limita d'abord l'usage de cocaïne, par la suite l'alcool, jusqu'à ces deux jours fatidiques du 6 et 9 août 1945, où les bombes d'Hiroshima et de Nagasaki furent lancées par les Américains sur le sol japonais, provoquant des centaines de milliers de mort. Bouddha avait beau lui dire "C'est la fin de la Deuxième Guerre mondiale !", il n'en avait que faire. La science avait permis l'accomplissement de ces armes nucléaires, *et qui avait voulu que les hommes soient plus érudits ? Dieu.* En envoyant les Messies scientifiques. Selon lui, Dieu était l'unique coupable de la destruction optimisée par la science, de l'homme par l'homme. Il enchaîna les soirées éfrénées au Heaven avec des quantités astronomiques d'alcool et de cocaïne. Il pensait souvent au clip de "Smack my bitch up" de Prodigy, où on pouvait suivre une jeune personne, lors d'une nuit extrêmement agitée *(âmes sensibles s'abstenir!)* et où on voyait toute la scène à travers ses yeux, au fur et à mesure d'une prise conséquente de drogues. Dieu s'en foutait. Il voulait mettre en l'air sa vie, sauf qu'il était éternel. Même le suicide n'était pas une échappatoire. Jusqu'au jour où Bouddha alla au Heaven, parce qu'il aimait la musique lounge que le DJ Avicii allait mixer, cette nuit-là. Il avait tellement adoré la vibe dans le dance-floor qu'il voulait créer un concept de bar avec ce genre de musique et il appellerait la chaîne des établissements "Bouddha Bar".

Dieu se cachait derrière un nuage pour bien couper le contenu du sachet de cocaïne et en extraire une ligne fournie, à l'abri des regards indiscrets. Il ne vit pas que Bouddha voulait aller aux toilettes et donc devait passer par ce massif crémeux. Celui-ci aperçut Dieu par derrière une circonvolution de nuage et entraperçut ce qu'il manigançait. Dieu déguerpit en deux temps trois mouvements du Heaven, de peur de recevoir les remontrances de la divinité ronde. Il les obtint, le lendemain, par ce même Bouddha qui n'y alla pas par quatre chemins. Celui-ci passa par la Maison Blanche *(la maison de Dieu était inspirée de celle de l'architecte César Manrique dans l'île de Lanzarote aux Canaries, elle-même à prédominance de couleur blanche et sculptée dans la roche volcanique noire)*. Dieu le fit entrer avec réticence. Bouddha lui sortit tout un discours moralisateur, dont il n'avait que faire. Là, Bouddha déclara : "Celui qui est maître de lui-même est plus grand que celui qui est le maître du monde". Cette phrase, un peu cliché au premier abord selon Dieu, sonna dans sa tête. "Mais il a trop raison le gros !" se dit-il rapidement. "Tape m'en cinq !" constitua l'accord tacite et vulgaire entre les deux *potes célestes*.

En octobre 1945, Bouddha accompagna Dieu jusqu'à la porte d'entrée d'une clinique de désintoxication.

2. L'HISTOIRE CONTEMPORAINE

Dieu sortit de réhabilitation en 1947.

Ce furent tout d'abord les groupes de déités alcooliques et toxico-
manes anonymes qui lui permirent de relativiser les catastrophes
humanitaires des deux guerres mondiales. La psychiatre de la
clinique "In God we trust", Jeanne Alyse, était une éminence
en maladies mentales et s'était spécialisée en stress post-trauma-
tique, ainsi que dans les addictions et abus de substances de son
vivant. Son patient divin constituait un cas flagrant dans ces deux
domaines. Naturellement, Dieu était un des plus touchés par des
épisodes psychotiques sévères, comme il avait à sa charge des
millions de croyants. Chaque âme en peine alourdissait la sienne
de façon conséquente.

La tête de Jeanne Alyse recouverte de cheveux roux et ayant la
forme d'un gland, ainsi que ses yeux bleus azur, renforçaient
son pouvoir d'hypnose. Elle fit preuve sur Terre d'un profes-
sionnalisme sans failles et était en rupture avec les méthodes
traditionnelles, même si certaines d'entre elles ne bénéficiaient
pas encore de l'aval scientifique. Néanmoins, les résultats étaient
certainement concluants : des centaines de patients réhabilités.
À sa mort, en 2000, elle fut naturellement destinée à la psychia-
trie divine, dans l'au-delà. Non, ce n'était pas parce qu'elle était
religieuse en tant que Terrienne, il s'agissait plutôt d'exploiter
son énorme potentiel. Dans sa nouvelle enveloppe éternelle fraîchement rajeunie, elle avait acquis de l'expérience avec Allah,
qui avait été profondément ébranlé par les attentats commis le
11 septembre 2001, aux États-Unis. Car en effet, à l'inverse de
son homologue chrétien, Allah était plus bienveillant avec ses
"followers" et se projetait dans le temps, pour voir comment
ses croyants se portaient et non pas pour voir la danse chaloupée de Britney Spears dans "I'm a slave for you". Il accéléra le

fil du temps, à partir de cet événement clé. Al-Qaïda paraissait bien pâle devant l'autre monstre de cruauté, Daesh. Et ils en perpétraient, des attentats meurtriers en Europe, mais pas seulement, aussi en Asie et au centre de l'Afrique. Sa propagande était implacable et envoûtait dangereusement des hordes de musulmans à qui la vie n'aurait pas souri et / ou qui se faisaient facilement endoctriner.

Jeanne avait réussi à appliquer une thérapie de choc. Elle l'hypnotisa et lui somma de rentrer dans l'âme d'un dijihadiste "random" : "Je suis Chérif Kouachi.

    – Que voyez-vous ? demanda Jeanne.

    – Je tiens dans ma main une Kalachnikov et je me dirige vers les locaux de Charlie Hebdo. Je suis dans la rue Nicolas-Appert, il fait un froid de canard, un jour bien gris, typique d'hiver, à Paris. Je suis bien renfloué et cagoulé pour qu'on ne me reconnaisse pas. Mon frère est avec moi. J'ai le cœur qui bat la chamade, mais j'ai une volonté de fer. Nous entrons dans le bâtiment et nous ne sommes plus qu'à quelques mètres des mécréants. Rien n'arrêtera ma vengeance envers ceux qui ont insulté le prophète. Ils doivent mourir, au nom d'Allah."

S'entendre dire son propre nom et prononcé par une autre personne, aussi odieuse, avec comme objectif de commettre un attentat terroriste, le fit sursauter et revenir à son identité divine : "Pourquoi me faites-vous vivre cette horreur ? Jeanne, pas en mon nom, pas en mon nom…

    – Il ne s'agit pas que vous reviviez l'horreur des attentats de Charlie Hebdo, mais que vous vous mettiez dans la peau de cet être, dont vous ne cautionnez aucunement les agissements. Concentrez-vous, avec ces quelques minutes vécues avant l'irréparable et affreux événement, vous étiez Chérif Kouachi, 32 ans. Vous savez exactement ce qu'il a enduré toute sa vie. Maintenant, je voudrais que tu retournes dans le passé en 1995, s'il te plaît, Chérif, tu as 13 ans. Raconte-moi ce que tu ressens. Tu sais que tu peux avoir confiance en moi."

Allah hésita un petit instant et avoua, éploré : "Je, je n'aime pas ma vie. C'est de la merde. Ma mère vient de crever, elle était enceinte. On vit dans un quartier pourri où la seule issue c'est de crever, comme ma mère l'a fait. Elle s'est suicidée. Je n'ai plus de parents. Ce putain d'immeuble est un trou à rat. Des gens y abusent des enfants, tous des pédophiles, tous des pédés. Je vais tous les massacrer...

— Vous pouvez revenir à vous Allah, conclut Jeanne.

— Quel est donc l'intérêt ? murmura à demi-voix Allah, haletant.

— L'intérêt est de vous faire mettre dans la peau de quelqu'un qui vrille "mal", dans votre cas, un futur djihadiste. Comprendre que derrière chacun de ces cas extrêmes se cache un lourd bagage, très probablement dès l'enfance, associé à des aggravants sociaux et sociétaux.

— Mais c'est atroce ce qu'il a commis ce monstre ! réfuta Allah.

— Je vous l'accorde, le but n'est pas de justifier de tels actes. L'objectif est de vous faire voir que notre évolution est le résultat de notre vécu, nos opportunités ou manque de celles-ci, notre environnement, nos interactions, en somme, avec l'extérieur. Vous avez palpé les conditions de cet être maléfique et expérimenté en première personne, les conséquences désastreuses."

Jeanne fit subir d'autres séances de ce genre à Allah. À la fin de sa thérapie, comme signe clair de transition vers la guérison, Allah décréta : "Je vois où vous voulez en venir. Le djihadiste n'est pas le seul à avoir expérimenté cette mauvaise tournure. Il y en a malheureusement des milliers qui vouent une rancœur à l'Occident à cause de leur manque d'opportunités. Et pourquoi ? Du fait que celui-ci a pu abattre leurs semblables dans les pays du Moyen-Orient et parce que les us et coutumes sont aux antipodes de ce que sont les djihadistes. Munis d'une propagande terrible afin d'appâter d'autres apprentis-meurtriers, ils ont formé une secte mortifère, l'État Islamique, dont le seul but est d'anéantir la vie des autres, alors qu'en fait intérieurement, ils ne veulent que mettre fin à la leur. Toujours la faute des autres, disent ceux qui se voilent la face sur leur propre personne. Cette multiplication d'individus forme un effet boule de neige, une mafia terroriste dont l'objectif est d'éteindre tout indice de bonheur, toute flamme de joie, toute lueur dans l'obscurité qui leur rappellerait leur cruelle solitude. Ils ne croient plus en leur prochain, parce qu'il leur fait peur, de par leurs différences respectives. Et finalement, ils se servent de mon nom pour commettre ces barbaries, puisque je ne suis pas tangible. Et ils se font eux-mêmes intangibles dans l'objectif de minimiser leurs actes."

Jeanne était désormais prête à accueillir le client le plus important de toute sa carrière. Cela constituait le défi de sa vie, rendre sain le Dieu catholique. Pour se faire, elle fut appelée à remonter l'espace temporel. La voilà en 1945, au lendemain de la deuxième guerre mondiale. C'était tout simplement passionnant de devoir s'approprier les mentalités d'autres époques. Cela ne faisait pas partie du cahier des charges de psychanalyste terrienne, donc cela représentait un défi majeur. Dans le but de compléter son curriculum vitae déjà bien fourni, tout simplement, aussi, pour sa satisfaction personnelle. Car en soi, la méthode était connue. Thérapie de choc : Vis la vie d'Hitler.

Jeanne introduisit sa séance d'hypnothérapie par les paroles suivantes : "Vous êtes Adolf Hitler. Je vous ordonne de revenir aux temps de la Première Guerre mondiale, vers la fin, exactement le 13 octobre 1918. Vous êtes à Ypres en Belgique, que voyez-vous ?
  – Je suis caporal du seizième régiment de réserve bavarois, dans une tranchée de Mesen, non loin d'Ypres. Je suis dans ce couloir infect, à l'espace exigu. À ma gauche, un mur de terre mouillée, à ma droite, un autre mur de terre mouillée, derrière moi, des sacs de sable comme consolidation de cet ouvrage misérable, devant moi, cet espace cauchemardesque, théâtre de milliers de morts passés. Mes amis, les Allemands, mis à néant par ces vermines de Français et Anglais. Encore pire, la Belgique, ce pays qui ne sert strictement à rien. Je lutte contre ces ruines de nations, cette pandémie de trisomiques, cette légion d'infamie qui salissent cette planète et notre Allemagne, si pure."

Soudain…

"Aïe, mes yeux, mes yeux !"

Dieu se réveilla de son état léthargique, à cause du choc vécu par Hitler, puis pensa immédiatement à Phoebe Buffay de "Friends", quand elle découvrait depuis l'appartement de Ross que ses amis, Chandler et Monica commençaient une idylle en s'embrassant, presque contre la façade de l'immeuble d'en face.

Jeanne reprit le cours de la session : "Maintenant parlez-moi, Adolf, de votre séjour suivant ce malencontreux événement à l'hôpital de Pasewalk, en Allemagne."

Et Dieu Hitler d'enchaîner : "C'était une intoxication par l'ypérite, et pendant toute une période, j'ai été presque aveugle. Après, mon état s'est amélioré, mais en ce qui concerne ma profession d'architecte, je n'étais plus qu'un estropié complet, et je n'aurais jamais cru que je pourrais, un jour, lire de nouveau un journal. Quelques jours plus tard, alors que j'avais recouvert la vision, un pasteur était venu nous annoncer la nouvelle de l'instauration d'une République en Allemagne. Je ne pus retenir mes larmes et m'échappai dans le couloir.
– Oui Adolf, racontez-moi cet épisode-là", lui instigua Jeanne.

Tout à coup, Dieu se tordit sur lui-même : "Je suis frappé par, par quelque chose de fort, une espèce de foudre me parcourt le corps de haut en bas. C'est une révélation. Je veux redresser ce pays, faire payer tous ceux qui l'ont anéanti. Je le jure. Toutes les nations ennemies vont payer le terrible affront commis."

Dieu Hitler serrait sous son bras un journal tellement fort que Jeanne l'apaisa, en lui passant la main sur le visage.

"Je redeviens aveugle. Au secours ! Au secouuuuuuuuuuuuuuuurs !"

Jeanne interrompit la séance : "C'est bon Dieu, reprenez vos esprits. À votre avis, quel était le but de cette session ?

– Mon pote, Allah, m'a déjà parlé de sa thérapie. Faire vivre des moments clé des personnes les plus monstrueuses qui ont mis en danger nos religions sur Terre, lui rétorqua-t-il.

– Oui, dans ce cas, ce n'est pas de religion qu'on parle, même si l'Europe est à dominance chrétienne. Vous avez assimilé ces actes à la religion catholique. Là, il s'agit d'une haine xénophobe, conséquence des hostilités entre différentes nations. Cela dit, Allah et vous avez en commun une chose dans vos troubles. Ces événements terribles : les attentats islamistes, les deux guerres mondiales, ont été provoqués par l'obtuse négation d'un individu ou plutôt groupe d'individus envers d'autres, ayant des caractéristiques distinctes et prenant de telles proportions qu'ils envisagent leur élimination. Essayer d'annihiler l'autre, c'est essayer de s'effacer soi-même, du fait de tous les traumatismes vécus dans le passé.

– Pourquoi Hitler est redevenu aveugle ponctuellement, à ce moment-là ? demanda Dieu, inquisiteur.

– Parce qu'il délirait. Une cécité hystérique qui lui fit germer toutes ses idées de patriotisme, de la haine de l'autre", conclut Jeanne.

Cette session d'hypnothérapie fit progresser énormément Dieu. D'autres épisodes de "Vis ma vie – Hitler " se déroulèrent. Il savait où Jeanne voulait en venir. Il fallait se détacher des monstruosités commises par les habitants de pays dits traditionnellement catholiques.

Néanmoins, Jeanne Alyse n'était pas la seule psychanalyste. Serge Karamazov constituait un autre praticien susceptible d'aider Dieu à retrouver sa santé mentale d'antan ou plutôt changer un vice qui appartenait aux temps modernes : sa passion pour la culture pop. Grand gaillard, brun aux yeux foncés, sa stature russe pouvait intimider ses clients. Cependant, sa bienveillance – *Devait-on l'attribuer à la France ?* – transparaissait à travers les pores de son visage.

L'énorme talent que partageaient Jeanne et Serge, chacun dans leur spécialisation, les rapprochait considérablement. Un même patient aussi, sûrement, même si Dieu ne faisait pas objet de leurs conversations, pour ne pas déroger à l'anonymat des malades.

Jeanne et Serge tombèrent amoureux dans le Ciel et se découvrirent une passion en commun : le volley-ball. Avec les nouvelles conditions de gravité, ils profitaient d'un sport qu'ils n'avaient presque pas pratiqué, étant mortels. Le filet était un nuage émaillé et surtout, les grands coups, les smashs faisaient déformer la balle, normalement sphérique. Elle avait l'air des fois d'une papillote, d'autres fois d'un potiron, sous l'effet donné par ces deux, qui s'étaient récemment découverts sportifs. Et la balle pouvait voltiger des minutes et des minutes. Quel pied de jouer en quasi-apesanteur ! Quelle main plutôt ! Jeanne et Serge inventèrent une musique pour symboliser leur union :

"Jeanne et Serge, coup de foudre au match de volley-ball
Jeanne et Serge, amour dès le premier regard
C'est amour et bonheur la vie pour Jeanne et Serge
C'est amour et bonheur la vie pour Jeanne et Serge
C'est amour et bonheur la vie pour Jeanne et Serge, oui"

En tant que Terrien mortel, Serge était une éminence franco-russe de la psychanalyse. Il alliait parfaitement ses deux nationalités, qui lui procuraient des compétences distinctes. Élevé en Russie durant la guerre froide, il fut complètement coupé de l'essor du rock, de la musique pop et des blockbusters américains, justement. Puis la famille Karamazov décida d'émigrer en France, le pays de sa mère, en vue d'ouvrir l'éventail d'opportunités qu'offrait le monde capitaliste. Le choc de culture fut impressionnant. Il entonna son "Good bye, Lenin !" pour y découvrir des annonces de Coca-Cola géantes. Tout d'abord réticent à ce déballage excessif *(après tout il était descendant des tsars !)*, il y plongea la tête la première. Le voilà fin des années 1980 – début des années 1990, flottant dans une mare de "Candy Candy", "Papa don't preach", "Olive et Tom", "Dragon Ball Z". Il aimait beaucoup "Olive et Tom", il ne savait trop pourquoi, peut-être étaient-ce ces remontées de terrain de deux heures chrono ou les altérations surréalistes du ballon, accusées par un tir "sensationnel". Qui pouvait croire cela ? Surtout, ce qu'il adorait, c'était le dessin animé manga "Les chevaliers du zodiaque". D'ailleurs il chantait, toujours bien haut et fier :

"Les Chevaliers du Zodiaque
Sont toujours à l'attaque
En chantant une chanson bien haut
C'est la chanson des héros"

Mais voilà, très vite, notre communiste, friand capitaliste, ne contrôlait plus les aspects de sa vie. Plus d'interaction sociale. À quoi bon de toute façon ? Lorsqu'on pouvait passer des heures et des heures avec ses héros favoris.

La donne changea lorsque sa mère mourut abruptement d'un cancer du sein, non déclaré à temps. Il avait tout perdu d'elle depuis qu'il était en France, dans son pays d'origine ! Il n'aurait plus la douceur de cette mère, si délicieuse en personne. Il vit un épisode du Chevalier du Zodiaque quelques jours après le fatidique événement, et dans une fureur inégalée dans le passé, il explosa le poste de télévision. Cependant, un déclic se fit. "Je veux m'en sortir et récupérer ma vie." Il fit une psychothérapie et comprit par là même que cela était exactement sa voie. Il voulait aider ses semblables, car il voyait qu'il n'était pas un cas isolé. Le merchandising américain constituait une machine qui engloutissait les âmes sensibles par millions, désormais. Il savait qu'il n'y aurait pas de frein, que cette secte en agglomérerait des milliards, par l'usage de bricoles de plus en plus sophistiquées. Bientôt, nous serions tous des "Inspecteur Gadget" technologiques. Ce fut le cas, effectivement. Ses études dans la psychanalyse furent brillantes, car il était animé par sa propre expérience. Les clients affluaient et se multipliaient, remplissant à l'extrême l'agenda de rendez-vous. Oh, en rentrant à la maison des fois, il ne pouvait s'empêcher de s'injecter un épisode des Chevaliers du Zodiaque, tant que tout se restreignait dans les limites imparties. De la même façon que les années 1970 constituèrent un boom de bébés, les années 2010 constituèrent un boom d'obsédés technologiques. Des gens étaient scotchés devant leur écran d'une dizaine de centimètres carrés. Le moindre like sur Facebook, la moindre demande de connexion sur Instagram, la moindre réponse sur Twitter, la moindre performance de Tik Tok donnaient une sensation ponctuelle d'orgasme qu'une personne physique ne saurait leur donner, dorénavant. Le clic de LinkedIn déclenchait cette sensation chez Serge, toujours à la pointe des méthodes émergentes de psychanalyse. Et malheureusement passionné de travail, Serge en oubliait sa famille et son burn-out entraîna de grandes complications. Le coronavirus en 2020 eut raison de lui. De même que Jeanne, il avait gagné son pass éternel. Il pouvait enlever son enveloppe de vieillard et redevenir le bel homme qu'il était à 30 ans.

Serge Karamazov arriva devant Dieu, déjà assis sur le fauteuil, se présenta et lui décocha : "Aucun lien, je suis fils unique !"

Ce à quoi Dieu rit à n'en plus finir : "J'adore « la Cité de la Peur » !
— Je le sais. Et c'est tout à fait normal de profiter de ces fictions. Mais tant que l'on sait qu'il ne s'agit pas de votre réalité, Serge ramena Dieu sur Ciel.
— Oui, mais est-ce bien si grave ? objecta Dieu.
— Ça le devient lorsque ces stimulus prennent le pas sur votre vie. Une divinité de votre qualité se doit de guider ses croyants. Vous ne vous êtes pas inquiété pour eux et vous avez envoyé les gens qu'il fallait sur Terre, afin que la science avance, pour que la technologie avance et que finalement Britney Spears avance sur scène à Las Vegas !" sentencia Serge.

"Vous avez omis toute implication politique durant des millénaires dans le but de vous assurer que, coûte que coûte, Britney montre son corps avantageux dans « Toxic » !" renchérit-il et il lui asséna un coup mortel au moral, rendant immortelle son immoralité.

Serge était du même acabit que Jeanne. Dieu devait affronter, lui-même, sa pathologie. Ils analysèrent les clips de Britney Spears, un à un, et il devait consigner dans un livre toutes les sensations que cela lui procurait. Il ne comprenait pas trop le but de cet exercice. S'il devait s'en intoxiquer, le psychiatre lui faisait plonger dedans de bout en bout.

Lorsque les meilleures chansons passées au crible furent épuisées, Serge commença par ordonner à Dieu de relire la description d'une des chansons « Toxic » : "Cela se passe dans un avion. Britney Spears travaille en tant qu'hôtesse de l'air. Une combinaison bleue qui lui va à ravir avec ce petit chapeau bleu de la compagnie aérienne mis de côté et faisant ressortir sa chevelure blonde immaculée à l'autre extrêmité de la tête. Puis elle est sur le sol avec une nouvelle combinaison transparente avec des pois blancs pour cacher les parties sexy. Elle renverse du champagne sur un des clients en costume-cravate et l'éponge en faisant venir son doigt sur sa bouche à la seconde 38 alors qu'elle est de nouveau vêtue de sa combinaison transparente. Son regard est rehaussé par des paillettes aux coins des yeux. Quand tu veux Britney… quand tu veux… Puis elle amène un gros jusque dans la cabine des toilettes puis elle l'embrasse. Puis elle enlève son masque et apparaît alors un bellâtre blond cheveux longs et elle lui fait une danse chaloupée contre son sexe à la minute 1.16. C'est tellement furtif mais tellement bon ! Elle lui prend les clés de la moto. Elle se retrouve à Paris avec une perruque rouge et monte sur une moto derrière un homme noir trop musclé. Si je pouvais les voir en position horizontale ces deux… Toujours les cheveux rouges elle déjoue des codes de sécurité et un peu en mode « Mission Impossible » dans cette tunique noire elle évite habilement les lasers rouges. Elle arrive même à faire un double saut arrière ! Quel galbe ! Quel talent ma Britney ! Puis la voici métamorphosée avec une perruque noire, une tenue orientale qui laisse le ventre à l'air. J'adore particulièrement ses robes si échancrées qui découvrent son nombril béant mais souple… Je pense à autre chose à ce moment-là mais je n'ose le consigner ici. Puis elle voit un autre minet qu'elle lance contre le lit à la minute 2.55. Elle le jette contre le sol et lui fait avaler un élixir vert avant de lui donner un dernier baiser mortel. Puis elle revient dans l'avion comme hôtesse de l'air avec la musique de fin « Ni no ni no ni ! ». Et cela se termine par un clin d'œil tellement sexy à la minute 3.18 je fonds littéralement...

— Vous pouvez faire des pauses et mettre des virgules, vous savez ? Comment vous sentez-vous, Dieu ? osa demander Serge, en profitant que Dieu reprenne sa respiration.

— Ben... pas super, avoua Dieu à la limite des pleurs.

— Mettez des adjectifs sur votre ressenti.

— En en faisant la lecture, il y a comme une sensation de ridicule, d'absurde, de superficiel, d'infantilisant, même.

— Et si je vous disais que je trouve que Britney Spears ne possède pas une voix si bien que ça ? Au contraire, Christina Aguilera a un timbre de voix grave et puissant. J'adore Christina Aguilera ! défia Serge.

— Je ne vous adresserais pas la parole... Britney Spears, c'est la reine de la pop !

— Pour vous... Je vous taquinais. Chacun est sensible à tel ou tel chanteur. C'est du spectacle, comprenez-vous. En revenant au clip, ce sont des images soigneusement sélectionnées et travaillées pour arriver au plus grand public, dit Serge pour venir en aide au désarroi soudain de Dieu.

— La vie n'est pas de la sorte. Je vois où vous voulez aboutir, Dieu vint appuyer l'argumentation de Serge.

— Exact. Et si on en est pleinement conscient, il n'y a aucun mal à cela. Seulement, ce trop-plein d'images influence votre cerveau, votre vision du monde et lorsque la fiction prend le pas sur le monde réel, le danger est imminent... Je vais vous montrer des photographies, cette fois-ci, bien réelles."

Le psychiatre tendit les nombreux clichés des paparazzis, lorsque Britney Spears se rasa complètement le crâne, en février 2007. Dieu fit objection : "Non je n'aime pas voir ces photographies. C'est de la torture !

— Pourquoi vous dérangent-elles ? interrogea Serge d'un ton badin dans l'objectif d'en enlever l'importance cruciale.

– Je n'aime pas la voir comme cela, tenta de conclure Dieu.

– Pourtant, c'est la réalité là… hasarda le psychiatre.

– J'imagine que c'est pour ça que c'est dérangeant. Les fans, nous avons cette vision si sublime d'elle et la voir perdre les pédales, en pleine souffrance, cela me déchire le cœur, en tout cas.

– Bravo Dieu ! Disons que ces photographies viennent à contredire la représentation parfaite des artistes. Elles vous rappellent, aussi, que tout n'est pas que strass et paillettes chez ces êtres humains, en somme. Derrière la chanteuse Britney Spears se cache une personne qui a des sentiments, qui doit gérer une notoriété mondiale et les critiques amères de ses détracteurs, comme de ses suiveurs parfois. Il est important que vous rameniez Britney Spears au statut d'objet de détente, de loisirs, de bien-être, oui, mais que ses voltiges sexy ne perturbent pas la façon dont vous menez votre vie. Je termine en vous rappelant la gravité de ne pas vouloir anticiper les événements déchirants des humains sur Terre. Vous avez laissé faire beaucoup de guerres, dont deux extrêmement sanglantes, parce que Britney Spears devait devenir cette icône mondiale…"

À ces mots, Dieu fit visiblement tout pour retenir ses larmes. Il y arriva avec l'appui et le réconfort de Serge, l'ancien humain, oubliant quelques secondes son travail de psychanalyste, face à son désarroi.

Dans le CDD, Code de Déontologie Divine, il était clairement spécifié que les actions sur les humains devaient être les plus limitées possibles. Dieu avait répondu à cette exigence et s'était mis dans sa carapace depuis l'envoi des Messies scientifiques. Il était peut-être temps de changer et revenir à la charge, de façon mesurée. Mieux valait tard que jamais…

En 1947, Dieu, complètement réhabilité et épanoui, faisait du trampoline entre les nuages de bon matin, puis épluchait les journaux de son fil du temps, dans l'après-midi et enfin, regardait en avance rapide la trame des années à venir. Jusqu'à arriver à ce fatidique 2020, de nouveau épouvanté par les événements mondiaux.

Il chantonna en lui, "Scream & Shout" de Britney Spears... *et will.i.am, soit dit en passant* :

"I wanna scream and shout and let it all out
And scream and shout and let it out
We sayin' oh we oh, we oh, we oh
You are now now rocking with
Will, I Am and Britney bitch !"

"Je veux crier et hurler et laisser tout sortir
Et crier et hurler et laisser sortir
Nous disons oh nous oh, nous oh, nous oh
Vous êtes en train d'être secoué par
Will.i.am et Britney Bitch !"

(A noter que Dieu ne voulut pas traduire Britney Bitch pour la version française du livre. La raison invoquée était de ne pas choquer les âmes sensibles)

Oui, Dieu se devait d'agir et secouer son monde...

TROISIÈME PARTIE

ENZO

1. LA VENUE SUR TERRE D'ENZO

Dieu vit le panorama de 2020 dans sa boule de cristal nuageuse. Et il était désolant, bien plus que certains moments critiques post-guerre, tels que la crise des missiles, à Cuba, en 1962, en pleine guerre froide, qui faillit amorcer une guerre "chaude", une Troisième Guerre mondiale, mais cette fois-ci, nucléaire...

Le coronavirus fit changer totalement la donne établie dans le monde. Les confinements stricts étaient instaurés dans tous les pays entre janvier et juin avec en tête, la Chine, puis l'Italie, l'Espagne, la France etc. Toutes les nations y passaient, une par une. Ce n'était pas la tournée mondiale de Britney Spears qui ravirait tout le globe par son déhanché spectaculaire. D'ailleurs, la chanteuse semblait bien souffrir dans son coin, puisque son père en avait la "garde" en quelque sorte, du fait qu'il fut déterminé que la chanteuse n'était plus saine d'esprit... Dieu hésita un petit moment entre lui donner un coup de pouce et aider le monde entier à combattre ce virus. Cependant, son passage en clinique de désintoxication lui fit prendre la bonne et surtout, sage décision.

Ce qui l'inquiéta particulièrement, ce n'était pas le virus en soi, en fait. Après tout, il y en avait eu plein, des épidémies, dans l'histoire, qui décimèrent des millions de personnes. Pas plus tard qu'un siècle auparavant, la grippe espagnole avait fait ses ravages, juste à la fin de la Première Guerre mondiale. Elle ne le perturba pas tant que cela, par rapport aux infamies commises durant le conflit planétaire. Selon Dieu, elle était comme un suppositoire à mettre dans les fesses, en comparaison avec le gode énorme du conflit aux proportions gigantesques. *N'y voyez aucun jugement de valeur sur les homosexuels !* Dieu aimait les hommes dans toutes les formes que ce soit, enfin amicalement. "Tiens Gode et God, c'est marrant le parallèle entre ces deux noms-là, provenant de deux langues différentes !", s'esclaffa-t-il. Et il fit enfin le lien avec les soirées "God Gode" du Heaven. Il fallait dire qu'il n'était vraiment pas en bon état, *notre* Dieu, à ce moment-là.

En 2020, la science avait tellement évolué. La course au vaccin se mettait en marche de façon urgente en vue d'immuniser des hordes de population. Non, ce qui le préoccupait, c'était l'après premier confinement. Beaucoup de Terriens avaient été soumis à une pression psychologique importante dans ces conditions extrêmes d'isolement et ils avaient beau avoir des tonnes de gadgets à leur portée, en lice les smartphones, ils n'avaient plus l'habitude de se retrouver avec eux-mêmes. L'introspection faisait peur à beaucoup de personnes. Les générations s'enchaînaient à des cadences infernales : un homme de 35 ans était complètement différent de celui de 25 ans. Il y en avait, des dénominations bien incongrues, pour les catégoriser ces nouveaux humains, les millenials, la génération Z *et j'en passe*. De nos jours, les adultes récents, pas beaucoup plus de 18 ans, avaient baigné dans la technologie et l'interaction sociale avec des gens "réels" représentaient pour eux, une rencontre du troisième type, comme le film de Steven Spielberg de 1977. Alors, se voir ne serait-ce que quelques minutes, en situation d'ennui… La confrontation avec soi-même pouvait être brutale. Peut-être que ces personnes-là commençaient à se demander "Bon sang, mais qui suis-je ?" La dichotomie entre les hommes se faisait tranchante. Et Dieu savait que ce type de crises amenait la destruction totale. 1929 : crise économique. 1939 : deuxième guerre mondiale. 2008 : crise économique. Bon 2018, rien, mais rajouter à cela la pandémie en 2020… Toutes les récessions économiques provoquaient d'énormes clashs sociétaux et les humains se réfugiaient dans des cases et jetaient la faute sur les autres catégories de personnes. "C'est la faute des immigrants !" Oui, c'était souvent l'affaire de l'extrême-droite et cela pullulait de partout avec Bolsonaro au Brésil, Donald Trump chez les Républicains aux États-Unis et la Marine Le Pen française, profitant en plus, du rebond des attentats terroristes islamiques.

C'était aussi une autre scission qui s'autoproclamait : "les pro-masques" versus "les anti-masques". Dieu comprit à quel point à ce moment-là, l'homme pouvait être... stupide, irrationnel... mais surtout fragile. Il en faisait la lecture de la façon suivante après s'être interrogé. Pourquoi les gens se plaignaient de ne pas avoir de masques durant le confinement et applaudissaient le travail forcené du personnel médical et désormais, voulaient enlever ce masque à tout prix, quitte à inventer des thèses négationnistes, réfutant même l'existence du COVID-19 ? Parce qu'ils subirent tous un traumatisme énorme, du jamais vu dans l'histoire contemporaine. *Imaginez que vous preniez la Delorean de Doc de "Retour vers le futur" et vous reveniez un an en arrière, dans le but d'expliquer la situation pandémique mondiale de 2020 à votre "vous-même", de 2019. Bon, il vous prendrait peut-être au sérieux du fait de voir son exacte copie en face de lui sans miroir. Mais sinon il vous verrait comme un zinzin et dirait quelque chose comme "T'as trop vu Walking Dead !"* Dieu était convaincu que ces complotistes avaient leur raison d'agir de la sorte. D'ailleurs, ce phénomène était né plus tôt : l'homme sur la Lune en 1969, c'était du Stanley Kubrick, les attentats du 11 septembre 2001, c'étaient des explosions prévues dans le seul objectif de faire la guerre en Irak. Là, le coronavirus de 2020, c'était donc pour mettre en place un nouvel ordre mondial, où on implanterait des puces, par l'intermédiaire d'un vaccin, qui seraient actionnées par la technologie 5G et tout ceci, orchestré par Bill Gates, en vue de nous contrôler et imposer une dictature, où on nous musellerait, comme le masque le faisait déjà, physiquement... Quand il vit le premier commentaire de ce type sur Facebook, il rigola. "Quelle imagination ! Ils sont incroyables ces hommes !" Sauf que la théorie s'expandit. Tout le monde avait fait ses propres recherches sur Youtube et avait un avis sur la question. *Sans être scientifique, bien sûr, à quoi bon ? C'était une perte de temps !* Cependant, la situation était insoutenable et des guerres civiles éclatèrent en 2021. *Dieu ne préfère pas trop alarmer le lecteur, donc il n'en conte pas plus.*

Rassurez-vous, il avait un plan. Il fallait envoyer un autre Messie, un épidémiologue de renom sur la Terre, chargé de résoudre le "schmilblick". Il fit alors ses propres recherches sur sa cuvette des toilettes en porcelaine blanche et bombée *(pour paraître un nuage, pardi !)*, parmi ceux qui auraient cette vocation. Il tomba sur un, en particulier. Un franco-espagnol, né en 1983. Enzo, oui Enzo Gutiérrez Thibault. Et il devait avouer que cet homme, en plus d'être talentueux, possédait une beauté rare.

Dieu reprit le fichier informatique poussiéreux "Comprends ton monde", qui lui avait servi à envoyer les mousquetaires de la science, dans les siècles passés. Il appuya sur "Enter" et prononça : "Enzo, tu es formidable déjà, un surdoué de la nature. Je t'aide un tout petit plus, par le biais d'un autre fichier informatique rehausseur de beauté nommé « Maybelline »." Celui-ci consistait encore à bidouiller les branches de l'ADN et ses manifestations protéiniques, afin d'élargir certains traits de son visage, comme le ferait l'eyeliner de L'Oréal pour une élongation des cils et une intensité du regard. Il lui donna aussi sept centimètres de plus à son sexe, parce que la pauvre version ancienne d'Enzo ne comptait qu'un décimètre. "Maintenant, remplis ta mission et sauve l'humanité !" Il se serait cru Will Smith dans "Independance Day", en prononçant cette phrase.

Allez hop, faisons un zoom avec Dieu ou plutôt, convergeons sur Terre en 1978, à Madrid, quartier de la Elipa !

Víctor Gutiérrez venait d'Andalousie, une petite ville située près de Cordoue, Fernán Núñez, et à la fin des années 1970, il vint s'installer à Madrid, à la conquête d'une vie professionnelle stable et surtout… pour profiter des fêtes propres à cette époque-là, en Espagne, ce qu'on appelait localement dans la capitale "La movida madrileña". Ce mouvement qu'on pourrait traduire à la française "La scène de Madrid" fut une époque apothéotique de célébration de la fin de la dictature de Francisco Franco, à sa mort en 1975. C'était donc une période faste de transgression, de soulèvement des tabous, de "fiestas" continues, de libération des mœurs, mais aussi d'usage de drogues récréatives, sous le son kitch des années 1980 : synthétiseurs et musique rock alternative. Víctor avait les cheveux frisés, bruns et longs – *comme à peu près tous les Espagnols, à vrai dire* – des yeux verts, dont la nuance se reflétait intensément par les rayons du soleil, si perçants dans ce coin du globe. Son teint bronzé exaltait son regard, tout comme son sourire blanc, éclatant. C'était un beau jeune homme de 25 ans récemment arrivé dans la jungle impitoyable de la capitale. En revanche, il ne le vécut aucunement ainsi, parce que son physique avantageux ne passait guère inaperçu, au milieu des fumées colorées des lasers de couleur vive, dans les discothèques. Non seulement il arrivait à Madrid, pile au meilleur moment possible, car cela coïncidait avec une jeunesse exubérante revendiquant une liberté d'expression incomparable, mais en plus, il était voué au succès professionnel en étudiant l'ingénierie aéronautique.

Sylvie Thibault, elle, était presque à l'image de son futur mari, en version féminine et française, bien sûr ! Une copie radoucie, car elle avait des cheveux ondulés, châtains clairs, qui lui arrivaient à pic sur les épaules et des yeux vert clair, qui pouvaient paraître froids en hiver, puisqu'ils prenaient une coloration grisée. Une nuance foudroyante qui pouvait à la fois être à l'unisson avec le mauvais temps, comme exprimer une fourberie sauvage, propre des loups. Par une météo clémente, elle rayonnait, tel le soleil au firmament. Ses yeux adoptaient alors le vert couleur émeraude. Elle savait qu'elle exprimait ce qu'elle voulait par le biais de son regard.

Sylvie était "Woodstock" et avant ce festival, point culminant d'une vague révolutionnaire mondiale, elle faisait, bien entendu, partie des étudiants grévistes de mai 1968. Cette année-là, elle venait d'avoir 18 ans et si elle avait acquis son stade d'adulte que tout récemment, ses pensées abouties étaient dignes d'une maturité de dix ans de plus. Philanthrope à l'infini, elle avait, en elle, aussi des idéaux d'une société plus juste, plus égalitaire. Appartenant à un milieu plutôt aisé, presque bourgeois, dans la région parisienne, elle s'en démarquait par le fil de ses réflexions. Elle adorait ses parents, mais c'était à l'extérieur qu'elle se façonnait. Certes, sa famille lui inculqua les bases de l'éducation pendant l'enfance. Toutefois elle volait dans la rue, tel le canari Titi enfermé dans sa cage sous la menace de Gros Minet, qui profiterait de l'absence ponctuelle du matou pour échapper à sa geôle de naissance. Et mai 1968 représentait, selon elle, une émancipation incroyable accompagnant l'inexorable révolution sociale, en train de s'effectuer. Lors des premières manifestations étudiantes, en plein centre de Paris, au milieu des Champs-Elysées, des frissons de bonheur hérissant lui parcouraient le corps. En la contemplant à ce moment-là, Dieu pensa qu'elle devrait ressentir quelque chose de comparable à la victoire de l'équipe de France durant la coupe du monde en 1998 et où Zinédine Zidane apparaîtrait reflété sur l'Arc-de-Triomphe, avec les lettres bleues "Merci Zizou" sur le haut de cette arche, accompagné de la clameur de la foule « Et un, et deux, et trois, zéro ! » Même s'il n'était pas fan de football, ce moment provoqua la chair de poule sur la chair humaine de Dieu. *L'enjeu était tout à fait le même, effectivement, mais passons...* Néanmoins, c'étaient surtout les droits obtenus en conséquence de cette manifestation de masse, qui rendaient Sylvie tellement fière : les accords de Grenelle faisaient augmenter le SMIG de 35%, et les autres salaires de 10%. Oui, elle avait servi à quelque chose dans sa vie dès le plus jeune âge. Et ne le savait-elle pas encore, Sylvie gagnait là son "forfait illimité pour la classe de neige céleste". Égal "Admise au Ciel", au-delà de son futur décès. Puis, elle devint une professeure en philosophie. Elle incitait les élèves de lycée à s'interroger, à consulter leur intérieur sur des sujets souvent sociétaux. Elle leur transmettait du mieux qu'elle pouvait, et toujours de façon orgueilleuse, les bases de réflexion, en vue de confectionner leur propre "mai 1968".

Cependant, la fatigue de l'usure substitua l'enchantement de la nouveauté. Cet acharnement à tout donner d'elle-même gonflait goulument leur mai 1968, et, au contraire, crevait cruellement le sien. Arrivée en 1978, donc dix ans après l'événement de sa vie, elle voulut partir là où un "mai 1978" était possible. Elle lâcha tout, malgré les avertissements de ses parents qui ne voulaient aucunement se séparer de leur enfant, déjà bien adulte. "Tu ne vas quand même pas démissionner de ton travail qui te passionne ?" Elle n'en prit pas compte, comme toujours. Elle était comme ça : une force de volonté appuyant son incommensurable beauté humaine, désirant revivre des moments forts de partage avec son prochain. En Espagne, à Madrid bien sûr, la capitale, après la mort du généralissime et dictatorial Francisco Franco. Et elle l'eut assurément, son "revival de mai 1968", dix ans plus tard exactement.

En fait, Sylvie hallucinait grave en débarquant à Madrid, excusez-moi de l'expression ! Il n'y avait pas de mots pour décrire ces expériences-là. Une explosion effervescente de spectacles, de concerts, des couleurs vives dans les scènes et les âmes. Des fois, elle avait l'impression que le mai 1968 français était bien petit en comparaison. *Disons que* ce n'était pas réellement analogue. Mai 1968 en soi, constituait un mouvement plus sérieux, car il fut le point de départ dans l'acquisition de droits sociaux associés au temps de travail. Là, dans le cas hispanique, il s'agissait de privilèges associés au temps de loisir. Oui, privilèges, puisque toute personne qui avait pu vivre cette période magique, avait connu un des plus grands plaisirs au monde, sans nul doute. Un orgasme de sensations faisant vibrer le corps, sans compter les heures dans les boîtes de nuit, jusqu'à tard la nuit ou plutôt, tôt le matin et dans les afters jusqu'à tard, le matin, même la nuit suivante. *Fatigue, vous avez dit fatigue ? Vous voulez entacher ce tableau idyllique ?* Fatigue ne faisait plus partie du vocabulaire des jeunes, ni un quelconque mot qui pouvait amener, ne serait-ce qu'une légère connotation négative. Bref, le référentiel du temps avait disparu. Sylvie évoluait dans un monde en trois dimensions et en oubliait la quatrième, temporelle, comme le reste des Espagnols. À quoi bon se préoccuper du lendemain lorsque tout était communion et symbiose ? Les Espagnols étaient enfin libérés d'une grande répression et ils comptaient en profiter au cas où, un jour, un retour de bâton se ferait ressentir. Mais, sincèrement, ils ne s'en souciaient guère : un nouveau monde s'ouvrait à eux plein d'opportunités et de joie.

Sylvie eut très vite sa petite bande des "Trois mousquetaires" espagnols. Il y avait tout d'abord, la timide Lidia Leopardo, qui se transformait pourtant, sur la piste de danse, vêtue de leggings obscurs et souvent, elle se badigeonnait le visage avec du fond de teint de la même couleur. Puis le roi de ces dames, Gonzalo Aramis, tout d'un rocker, tant dans son habileté à manier la guitare électrique que dans la tenue vestimentaire. Dieu pensait à John Travolta dans "Grease", quand il le voyait depuis le Ciel, avec ceci dit, la banane touffue en moins. Et enfin, le dernier à avoir rejoint ce trio d'amis était Víctor Gutiérrez. En réalité, il était l'ami d'un ami proche de Gonzalo, Sebastián. Celui-ci apparaissait de temps à autres dans les bars que fréquentait la bande des trois, sans rentrer officiellement dans ce groupe, même s'il y était cordialement invité. Peut-être était-ce sa fougue et son caractère des fois âpre qui lui faisait comprendre que la tonalité du trio ne s'ajustait pas à sa façon d'être, ou plutôt l'inverse.

Cependant, ce soir-là, en septembre 1979, le trio allait se transformer en quatuor, grâce à cet outsider servant d'intermédiaire. Lidia et Sylvie étaient accoudées au comptoir du bar de "Via Láctea" ("Voie lactée" en français) dans le quartier de Malasaña, bien tôt, à 23 heures. *Très tôt, je persiste et signe : pour des Espagnols, avoir déjà dîné à cette heure-là le week-end, cela représentait un vrai exploit flirtant avec la bienséance du Nord de la frontière pyrénéenne !* Le Vía Lactea était devenu rapidement, le bar à la mode, quelques mois après son ouverture. Il comportait deux étages avec des tables et banquettes en latéral et incorporait le design des bars de New-York et Londres, disait-on. Oui, sûrement, l'agencement était plus aérodynamique que celui des autres bars, plus lugubres, de la capitale. L'esprit underground y régnait, comme dans tous les autres établissements, et c'était ce qui comptait pour Sylvie.

Gonzalo fit son incursion, accompagné du grand Sebastián Daltón à sa gauche et surtout, à l'extrémité gauche, Víctor Gutiérrez, plus petit que lui. Sylvie ne put réprimer une ouverture sensible des lèvres et, plus encore, un écarquillement des yeux à son approche.

Víctor reproduisit cet effet, en manifestant cette subite crainte de rencontrer quelque chose d'inouï – le Saint Graal, quelque chose comme cela – par un affaissement maladroit vers l'arrière de sa frange légèrement frisée, de la main droite. Puis, avant ce moment délicieux et furtif des bises cordiales sur la joue, se produisit d'abord le contact des yeux d'une fugacité débordante. Dieu vit ici *Depardieu, pardon,* deux paires d'yeux *(jeu de mots de Dieu),* faits à l'identique, se reliant par un laser aux formes géométriques longilignes, parfaites entre les deux pupilles similaires dans leur forme et chromaticité de *nos* deux tourtereaux. Un prisme équilatéral transparent qui pourtant, contenait le sens même de l'existence. La plus belle phrase d'amour était souvent dite dans le silence d'un regard, après tout. "On dirait qu'ils se sont pris un rail de coke !" pourrit Dieu l'instant magique, comme pour remonter sur Ciel !

Les "Encantado" ("Enchanté" en français) étaient chevrotants. Ils s'assirent autour d'une table et le sort voulut que Víctor et Sylvie se retrouvent à l'extrémité de deux bancs en équerre, côte à côte, en latéral, position propice à la conversation et à l'admiration, qui se voulait discrète, du corps de l'être désiré. Et la conversation flua de façon magique. Ininterrompue par le reste du groupe, plus occupé à danser dans des rythmes entraînant à la révolution. Ininterrompue par le contenu des propos. Ininterrompue même, plutôt entretenue par les intérêts respectifs des deux amoureux. Víctor admirait cet esprit libre de sa future compagne, philosophe et élément actif de la révolution sociale française, pays de référence de la liberté depuis le référentiel de l'Espagne opprimée par le franquisme. Sylvie, elle, aimait son caractère rebelle associé à un grand enracinement envers sa famille andalouse. Il savait claquer des mains au rythme du flamenco. Elle pensa qu'il saurait claquer tout ce qu'il y avait à claquer en position horizontale. "Oh Sylvie, arrête !" ordonna son cerveau à son cœur. Nonobstant ces injonctions, ce dernier gagnait le duel haut-la-main. "Je le veux !" conclut-il, faisant fi des autres objections cérébrales.

Ensuite, les bières firent le reste. À la première des tournées, Víctor et Sylvie se posèrent des questions "bateau" typiques dans le but de faire connaissance. Ils se désiraient déjà. À la deuxième, ils entamèrent des conversations profondes sur leur vécu respectif en France et en Espagne. À la troisième, ils se racontèrent des blagues, parfois très maladroites, tellement révélatrices, ceci dit, de l'état d'excitation des deux. À la quatrième, Víctor profita d'un court silence pour lui faire un compliment : "Tu sais que tu as des yeux magnifiques Sylvie ?" Continuant avec le ton badin de la troisième cervoise, elle lui répondit "Mais on a à peu près la même couleur !" "Pero tenemos más o menos el mismo color" Le "R" raclé à la français des mots "pero" et "color" faisaient chavirer Víctor. Il l'imita sans se moquer "¡Es irresistible!" prononcé dans sa bouche "iréziztiblé". Elle rit et pencha légèrement la tête en arrière, telle une invitation à recréer ce mouvement dans une posture plus intime. Son "R" à lui était un roulement castillan et cet accent de ne pas prononcer les "S" finaux lui octroyait une douceur antagonique au "R". Toute une métaphore de Víctor. À la cinquième bière, ce fut enfin l'approche de Víctor vers la bouche de Sylvie, un baiser long, avide, dans un premier temps, suivi d'une tendresse humide des langues, qui s'entremêlaient délicieusement.

Ils partirent ensemble à la Elipa dans le petit studio de Víctor, un des quartiers ouvriers de la capitale, situé non loin de la gladiatrice Plaza de Toros. Ils entamèrent la tâche encombrante d'enlèvement des vêtements dans le palier, tout en s'embrassant. Sylvie commençait à se débattre avec la veste en cuir, puis à déboutonner la chemise bleu ciel de Víctor. Lui, il fit de même en total reflet d'un miroir entreposé entre les deux et dont le seul point de contact en permanence était leurs bouches. Ils ne baisèrent pas, comme ils avaient pu faire chacun de leur côté avec d'autres rencontres d'un ou plusieurs soirs durant un an et demi, depuis leur arrivée à Madrid. Ils firent l'amour passionnément. Ils ressentirent, enfin, dans leur chair, cette fusion utopique dont les gens parlaient souvent. Ils avaient percé le mystère de la vie par la découverte de la parfaite symbiose de deux corps étrangers. Ils passèrent des heures jusqu'au petit matin où ils culminèrent leur fusion solide des corps par la viscosité liquide des fluides. Dieu les contempla. Il savait que c'étaient eux, les procréateurs du Messie qui sauverait le monde.

Sylvie et Víctor profitaient de quelques années de la "movida madrileña" avec, comme réel point de départ, ce 9 février de 1980, où eut lieu le concert en hommage à la mort du batteur du groupe Tos, le dénommé Canito, dans l'École de "Caminos, Canales y Puertos" de l'Université Polytechnique de Madrid. Et de nombreux groupes de cette époque s'étaient retrouvés lors de ce concert "Woodstock cañí", un "Woodstock gitan à l'espagnole" : Tos, Nacha Pop, Alaska y los Pegamoides, Mermelada etc. Dans une scène munie d'un énorme rideau de couleur beige marron, peu gracieuse, une multitude d'artistes déjantés, tantôt en costard, tantôt avec un simple pull flashy et une écharpe, se succédait et se déchaînait aux sons rythmés des guitares et de la batterie. Ils ne le savaient pas, mais cette nuit-là était le vrai commencement des années fougueuses de la Scène Madrilène.

Et il y en avait eu des soirées. Sylvie voulait révolutionner le monde. Elle l'avait fait avec l'érection des droits sociaux en France. Elle contribuait désormais à l'apogée des loisirs. Et elle comprit que ce deuxième domaine était peut-être même plus important que le premier. Elle en oubliait donc son occupation principale en France et ne gagnait que très peu, dans des petits travaux sans cesse renouvelés, pendant cette période d'opportunités oisives. C'était amplement suffisant pour profiter des longues nuitées, en compagnie de son récent compagnon, ingénieur aéronautique. Les quatre Lidia, Gonzalo, Sylvie et Víctor, se retrouvaient tous les week-ends afin d'exercer le déhanché latéral et sautiller sur les pistes des bars et discothèques, tout en profitant des concerts de leurs groupes préférés. Les filles fondaient littéralement sur le groupe Radio Futura et leurs chansons "Escuela de calor" ("école de la chaleur", *oui il n'y avait pas de doute là-dessus !*) et "Enamorado de la moda juvenil" ("amoureux de la mode juvénile" en français). Lidia se transformait en tigresse avec ses leggings de couleur léopard à cette époque et son fond de teint marron. Gonzalo s'était coiffé en punk, à l'image d'Enrique Sierra, le chanteur du groupe Radio Futura.

Quelle insouciance et des fois, quelle inconscience ! Car ces soirées étaient allègrement agrémentées d'alcool, mais aussi de drogues en tout genre. Sylvie et Víctor, ainsi que Lidia ne rentraient pas tant que cela dans ce jeu sombre. Une fois de temps à autre, lorsque la musique en valait le coup, ils pouvaient se faire quelques lignes de cocaïne. Ils savaient parfaitement que ces excès pouvaient être fatals. Cependant, le dernier des quatre mousquetaires réussissait à cacher un certain temps sa croissante addiction à la drogue. Il disparaissait de la piste de danse, de temps à autre, dans le but de se ravitailler aux toilettes. Au début, Lidia, Sylvie et Víctor ne percutaient pas, puisque Gonzalo avait pour habitude de s'exiler pour aller faire connaissance avec d'autres groupes, étant, de loin, le plus extroverti des quatre. Cela leur permettait aussi de connaître de nouveaux profils venus de tous horizons, toutes catégories sociales, toutes appartenances politiques. Sylvie trouvait cela fantastique chez les Espagnols, en comparaison avec ce cloisonnement social impérieux des Français. Elle pouvait se mélanger à des gens aux antipodes de sa personnalité.

C'était lors d'un concert de Radio Futura que Gonzalo refit surface avec la gueule déconfite. La mandibule n'était plus centrée avec le nez ou le front, le tout accompagné de mouvements de mâchoires involontaires. Le groupe comprit son absence cette dernière heure passée. Ce n'était pas grave en soi, un petit laisser-aller ponctuel. Or, les autres soirées ressemblèrent à celles-ci. Le visage de Gonzalo accusait le contrecoup des psychotropes ingérés et tout y passait : cocaïne, ecstasy, méthamphétamine, LSD etc. Le trio des gens "sains" avec Lidia, en premier, avait de grandes joutes verbales, à ce sujet, qui ne faisaient aucunement entendre raison à Gonzalo. Il s'éloigna petit à petit du groupe et décéda d'une overdose, en mars 1981.

Les trois mousquetaires furent anéantis sans leur D'Artagnan, ou plutôt Aramis. Comment avaient-ils pu laisser faire cela ? Comment avaient-ils pu condamner leur copain à une mort certaine ? Tous s'en voulaient. Sylvie et Víctor, d'avoir l'impression de s'être occupés uniquement de leur cocon. Lidia, de s'être rabattue sur le couple plutôt que de venir en aide à son meilleur ami : Gonzalo était le noyau de la bande, Sylvie et Víctor n'étaient que des ajouts, a posteriori. Dans un premier temps, elle ne put s'empêcher de s'éloigner d'eux. Comme dans la chimie, ils formaient une covalence qui, au final, n'admettait pas d'autres atomes à former une entité de groupe. Elle était l'électron qui avait perdu son proton. Sans la chimie et l'alchimie de son meilleur ami, elle était dépourvue de mot, démotivée, oui. Sa timidité qui la rendait coquette devint maladive. Néanmoins, petit à petit, elle reprit ses esprits avec un des meilleurs amis de Gonzalo, qui l'accompagna, lui, jusqu'au bout de son addiction : Sebastián. Et Gonzalo l'avait sauvé, parce qu'il prenait le même chemin. Lidia se réconforta dans le sevrage de Sebastián et celui-ci, dans les bras de Lidia, formant alors la clé de voûte d'une relation atypique. Lidia n'avait pas été présente pour Gonzalo, elle le serait pour son futur mari, Sebastián. Le quatuor se reforma peu à peu et les Dalton (car tous ayant trois cm d'écart les uns des autres, dans l'ordre : Sylvie, Lidia, Víctor et Sebastián *donc Joe, William, Jack et Averell, respectivement*) auraient toujours une pensée émue pour leur collègue baroudeur, parti trop tôt.

Sylvie lâcha les soirées graduellement. Du moins, elle ne cherchait plus à passer tous les week-ends dehors. Le décès de Gonzalo n'était pas un cas isolé à cette époque. Le Sida commençait à faire des ravages et les substances illicites en soirée détruisaient les âmes qui, pourtant, voulaient se libérer du joug franquiste. Les addictions aux drogues dures substituaient l'oppression dure du Caudillo. Il fallait bien un revers de la médaille correspondant à cette époque de revendication de libertés : le retour de bâton dont les Espagnols ne se souciaient pas. Sylvie se fit la réflexion, comme bonne philosophe qu'elle était, que toute joie venait avec son lot de tristesse et inversement, il y avait toujours quelque chose de positif à retirer des pires disgrâces du monde, ne serait-ce que la non-répétition des erreurs à l'avenir. Víctor se rangea aussi, un peu plus tard. *Évidemment, c'était un Espagnol, voyons ! Il fallait lui laisser plus de temps.*

Señor Gutiérrez épousa alors Mademoiselle Thibault à Fernán Núñez, en 1982, devant leurs familles et amis respectifs, et celle-ci devint Madame, et assez vite, Maman. Enzo Gutiérrez Thibault pointa le bout de sa tête dans l'entre-jambes de sa Maman, le 25 décembre 1983. Un vrai cadeau de Noël, le même jour que Jésus à plus ou moins six mois de décalage !

"Qu'il est moche, mon Messie !" s'esclaffa Dieu en voyant le héros des temps modernes apparaître.

2. LA JEUNESSE D'ENZO

À sa naissance, Enzo était une espèce de boule toute ratatinée sur elle-même. Il faisait penser à Mini-Moi, l'acolyte du méchant opposé à Austin Powers. Tout chauve, tout hideux, tout crade et tout yeux bleus qui reflétaient pourtant, l'absence d'expression la plus totale. *Bref, tout… à jeter.* "Mesdames et Messieurs, le Messie very messy !" opina Dieu, en faisant les présentations aux humains mentalement. Cela devait être *une bombe atomique* plus tard… Une des représentations les plus objectives de la beauté, notion si subjective et si dépendante du fil du temps.

Après tout, à l'époque du Roi Soleil, *ce gros qui s'habillait en trans* était l'Adonis de son ère. Dans le portrait de Hyacinthe Rigaud de 1701, Louis XIV avait vraiment l'air d'un *travelo,* et néanmoins, c'était une icône sexuelle. Il posait comme les candidates à Miss France qui s'apprêtaient à répondre : "Je suis pour la paix dans le monde", lorsqu'on venait de demander leurs aspirations dans la vie. Avec la main gauche posée sur sa hanche, le portrait était réalisé de façon à ce que l'on remarque les jambes du *jambonneau*. Il avait des cuisses bien entretenues, du haut de ses 63 ans et ses collants tout blancs, ainsi que les bas résille sur ses talons rouges qui le réaffirmaient et le rapprochaient d'une quelconque divinité. "Oh putain, pas moi, pas encore en mon nom !" s'était lamenté Dieu devant cette scène pitoyable. Et le Bourbon en avait des capes de toutes sortes. Non, ce n'était pas le slip *moulebite* de Superman, qui faisait entrevoir le super sexe, par un jeu de chromatismes bleus et rouges du tissu de nylon. Non, là, il s'agissait d'un manteau d'une Drag Queen qui monterait sur scène en plein hiver, encore plus long que la robe d'une mariée très extravagante. Il en avait aussi des gadgets, *la fofolle* : un sceptre, une couronne derrière, une perruque frisée, un nez de sorcière. Le résultat était une *Cunégonde* qui sortirait au Marais (quartier gay de Paris) au XXIe siècle, avant 2020 *(en 2020 les gens étaient confinés, pour rappel).* Dieu se fit la réflexion qu'il avait parfaitement épousé les critères contemporains de l'esthétique dans son enveloppe corporelle divine. "Ah, encore un effet secondaire de l'addiction à Britney Bitch, sûrement !"

"Mais mon Enzo, mon si beau et parfait petit enfant ! Est-ce que je me serais trompé ?" revint sur Ciel, Dieu. Il vérifia dans ses archives classées Y. Les X-Files étaient d'autre nature… Dieu avait rangé ses dossiers par genre, comme pour les chromosomes. X pour les filles dénudées, XX pour les scènes de lesbiennes, XY pour les pénétrations anales qu'il affectionnait tant entre couples dits "conventionnels" et Y pour ses envois de Messies sur Terre, des Messies Messieurs, souvent. D'où le Y, *aucune misogynie de sa part !*

"C'était bien lui… Après tout, les bébés naissaient souvent très moches, du moins jusqu'au moment où ils arrivent à ouvrir leurs yeux fatigués, et rembourrés de sécrétions vertes jaunes, ces grosses feignasses qui ne faisaient que roupiller entre deux prises de lait. Comme des chats en appartement, tiens !" faisait le parallèle, Dieu. Il commençait à se perdre avec ces associations d'idées saugrenues.

En conséquence, Dieu attendit. Il n'espéra pas tant que cela parce que Enzo devint très vite le modèle des bébés un mois après sa naissance, puis des adolescents à partir de 12 ans, puis des adultes à partir de 18 ans. C'était comme "Benjamin Button" ou Brad Pitt, qui en vieillissant, devenaient de plus en plus attractifs.

Revenons-en d'abord à son enfance ! Ben, il n'y avait pas grand-chose à raconter, si ce n'était que très vite, bébé Enzo changea de pays. Sylvie et Víctor vivaient dans un appartement à Vallecas, quartier ouvrier dans le sud de la capitale, comme tant d'autres. Vallecas était déjà énorme à cette époque-là et regroupait tous les fléaux, conséquences de la "Movida madrileña" : drogues et dégradation. Elle allait au parc avec son petit bébé et il n'était pas rare de trouver des seringues avec des gouttes de sang qui pendaient de l'aiguille. Elle ne supportait plus cette vision qui le ramenait à son compagnon de "movida", lui-même tombé des méfaits de l'excès de fête, Gonzalo. Le salaire d'ingénieur aéronautique en herbe de Víctor, allié au maigre revenu de Sylvie, en tant que professeure de français occasionnelle et autres petits travaux, ne rendait pas envisageable une vie dans des districts plus flamboyants.

Ils eurent alors une idée, à peu près ensemble. L'instigatrice était Sylvie devant cette situation des abus espagnols, mais aussi le manque de sa passion professionnelle : la philosophie. Elle savait qu'en France, elle pourrait tranquillement reprendre le chemin des écoles. Ensuite, Víctor prit la relève dans le déroulement logique de la pensée de sa femme, amenant à introduire un changement. Il ne supportait pas, non plus, que son charmant fils puisse évoluer dans un champ de mines de junkys. Son entreprise étant française, Víctor pouvait facilement se faire muter au pays de l'amour et de l'accordéon. Un des centres était situé à Toulouse, ce qui faisait un bon compromis entre *la capitale des fromages qui puaient et celle des seringues qui piquaient.* Et puis, Víctor se débrouillait très bien avec le français, qu'il avait peaufiné avec sa petite amie, devenue sa femme et mère de son enfant. Víctor était fasciné par le libéralisme de la France, alors que l'Espagne, avant, était plongée dans l'obscurantisme franquiste. À cette époque-là, la France était le "puticlub" ("le club à putes" en français) des catalans. Il suffisait de traverser la frontière à La Jonquera pour profiter de mets exquis et raffinés. Víctor adorait oui, la douceur de son épouse, ainsi que son tempérament révolutionnaire. En comparaison, venant du fin fond de son Andalousie profonde, il se rabaissait assez souvent. Sylvie le ramenait à la réalité, à son statut d'homme simple, non simpliste, noble, aimant, son compagnon de fortune et d'infortune et elle était décidée à l'accompagner "jusqu'à ce que la mort les sépare", comme elle avait déclaré sans l'ombre d'une hésitation, lors de la cérémonie de mariage.

L'arrivée à Toulouse ne perturba pas tant que cela Víctor. La ville était une copie en rose de celle de Madrid, celle-ci plutôt orangée avec ses immeubles faits de briques. C'était une mini Madrid, très coquette et jeune d'esprit. Beaucoup d'étudiants sirotaient leur vin sur les bords de la Garonne et cela en faisait même un atout par rapport à la capitale madrilène, dépourvue de grand fleuve *(Le fleuve Manzanares ne compte pas !)*. Víctor eut un succès énorme auprès des femmes, ce qui provoqua une petite jalousie de la part de Sylvie. Il lui rétorqua en guise de défense : "Et toi, tous les hommes qui fondaient devant ton regard à Madrid ?" Ce à quoi, elle objectait sans réfléchir : "Toutes les femmes qui craquent devant ton « R » roulé, je vais leur en rouler une autre moi !" et elle enchaînait avec : " ¡ Me encanta la « R » que raspa en vuestras bocas, a vosotras las frrrrrrancesas !" ("J'adore le « R » râpé dans vos bouches, à vous les frrrrrrançaises"), en imitant son mari. Víctor reprit définitivement le dessus, en prenant un accent grave, teinté d'un machisme forcé, irréel "¡Calla, mujer! (Tais-toi, femme ! en français). Que c'était cliché, cette scène entre les deux tourtereaux, mais ce n'était pas une jalousie maladive, plutôt un renforcement de leur lien inaltérable, depuis l'extérieur.

Et au milieu de ce couple presque idéal, "presque à en vomir des fois", selon le jugement divin depuis le Ciel, croissait ce petit être déjà modèle. Modèle en tout. Quasiment pas de pleurs, étant petit. Il faisait ses nuitées sans déranger ses procréateurs. Il était d'une douceur angélique. Trop même. *On voulait le secouer tellement qu'il ne faisait rien, bordel !* Sylvie eut de grandes frayeurs devant son mutisme exagéré, lors de longues heures qui ne sauraient être dé-diées simplement à une bonne nuit. Douze, treize heures d'affilée sans qu'il n'émette un quelconque bruit. Elle rentrait en trombe pour vérifier qu'il ne faisait pas de "mort subite" du nourrisson et à ces moments précis, elle arrivait à provoquer ses pleurs, parce qu'Enzo voyait le désarroi soudain de sa tendre Maman. Cette perturbation du fil des non événements, de la quiétude absolue, le faisait sursauter d'angoisse. Cependant, très vite, la paix régnait à nouveau, à travers de légers gazouillis.

Faisons donc un bond dans le temps, le lecteur commence à s'ennuyer grave ! En quelques mots, une élocution exemplaire à 4 ans, une scolarité sans obstacles, un élève attendrissant par sa grande générosité envers ses camarades, des filles déjà amoureuses de ce chérubin et lui, imperturbable dans son cheminement de la vie. Enzo inspirait confiance, tant son calme et son écoute étaient appréciés, en plus de son infinie beauté.

Une adolescence des plus heureuses aussi, sans trop de questionnement sur sa sexualité. Hétérosexuel et Don Juan de ces demoiselles, sans qu'il ne veuille le voir. *Et en plus de tout ce tableau de perfection, rajoutons une modestie incroyable !* Il attirait le regard des filles par son physique avantageux et celui des garçons pour son excellente compagnie. Tout le monde s'accordait à dire qu'Enzo aurait le plus formidable des destins, parce qu'il le méritait simplement.

Il s'était fait une bande d'amis, petit à petit, depuis la classe de troisième et à partir de ce moment-là, il commença à montrer un peu plus de caractère, typiquement pour "se tailler" une présence dans un groupe déterminé. Laura, Corentin et Béatrice étaient ses compagnons de guerre. Avec eux, ce serait à la vie, à la mort et effectivement, si ce n'était la distance qui les séparerait plus tard, leurs liens furent solides jusqu'à l'inexorable décès des êtres composant ce groupe.

Laura Vidal était le premier amour d'Enzo. Belle brune au tempérament de feu, à la coupe carrée et au minois à la Alizée, son fessier n'était pas en reste. À la manière dont la chanteuse se trémoussait avec son petit corps frêle dans cette robe rose discrète, mais qui réveillait tous les désirs des hommes à la limite de la pédérastie dans "Moi… Lolita", pensa Dieu, bien évidemment, lorsqu'il visa des yeux la Laura par le biais de son télescope céleste.

Laura remarqua Enzo dès le premier jour de la rentrée de troisième, en 1997. Et elle en perdait son latin. Pourtant, il arriva avec son sac à dos de couleur bleu criard et un jeans peu élégant, à la coupe bien droite, ne laissant pas entrevoir un postérieur toutefois rebondi. Ce n'était pas son style qui attirait l'attention. De toute façon, tous les trolls du collège paraissaient des petits hommes des cavernes, à l'époque. Ce qui la fit flasher, c'étaient ses yeux couleur vert, gris, amande ou bien marron clair ?

Pouvait-on juste décrire ce mélange de couleurs tellement plus passionnant que celles de l'arc-en-ciel ? Oui, les arcs-en-ciel étaient chouettes par la représentation de ces teintes, si distinctes entre elles. Dieu en avait fait jaillir, des arcs-en-ciel, depuis ses nuages de prédilection et il en fit tout un décor pour les soirées gays de nos chers hommes ayant atteint le Ciel après avoir vécu l'enfer sur Terre. Les versions du Ciel de Alan Turing, qui s'était suicidé sur Terre du fait de son homosexualité après avoir déchiffré le code nazi durant la Deuxième guerre mondiale, répercutant ainsi sur son déroulement favorable, et Federico García Lorca, formidable écrivain, assassiné sur Terre par les franquistes espagnols, faisaient les coquets au pied des arcs-en-ciel et finirent par s'embrasser, sur un fond digne des plus grandes couvertures de livres de Danielle Steel. Cela dit, les deux qui profitaient le plus de ces demi-cercles dans le Ciel, sans nul doute, étaient Paul Verlaine et Arthur Rimbaud. Dieu connaissait leur relation sulfureuse, qui donna lieu, heureusement, à la meilleure qualité de poésie par leur vécu tumultueux. Le Rimbaud terrien, un jeune fougueux, alcoolique, faisait preuve d'une violence exagérée envers son amour Verlaine, qui avait alors une femme, Mathilde. Pauvre d'elle : elle dut supporter des allers-retours constants de son cher mari pour fuir ou rejoindre son amant transi, selon les circonstances du moment. Les deux poètes finirent leur idylle de façon tragique. Acculé, Verlaine finit par tirer une balle sur le poignet de Rimbaud, le condamnant ainsi à la prison. Bien sûr, les correspondances continuaient. Là-bas, au paradis, ils se retrouvèrent dans la boîte gay Macumba et en ressortant de leur nuit d'ébriété, ils firent l'amour sur la partie la plus haute du dernier arc-en-ciel, placé par les soins de Dieu bien loin de la discothèque et donc des regards commères. Dans leurs enveloppes célestes, ils oublièrent définitivement toute rancœur ou méchanceté l'un envers l'autre.

Revenons-en au regard d'Enzo. Il figurait entre l'intensité des félins, la mélancolie des coeurs brisés, le scintillement des étoiles et la renaissance de la nature au printemps. Laura, elle, sentit l'évanouissement de la végétation en automne, lorsqu'elle croisa son regard, la première fois. Deux émeraudes argentées. Ce bonhomme représentait la vie dans toute sa splendeur et lui seul pouvait décider du destin de telle ou telle personne, par un simple clignotement des yeux. En l'occurrence, pour Laura, touché coulé ! L'air venait à manquer. "Au secours ! Aidez-moi !" implorait-elle au fin fond d'elle-même. "Mais ressaisis-toi enfin ! Oh il arrive !" Lorsqu'il s'approcha d'elle, Enzo paraissait venir d'un autre monde et il lui demanda si la place à côté d'elle, était libérée. "Bien sûr !" répondit-elle titubante. "Je suis Enzo, enchanté !". "Moi Laura !". "Il avait choisi de se placer là, pourquoi ?" se demanda-t-elle. Après avoir visualisé la classe, l'adolescente comprit qu'Enzo avait été le dernier à rentrer dans la classe et Laura et *notre Messie en herbe* constituaient les derniers binômes à se former. "Redescends sur Terre, pauvre cruche", s'autoinsulta-t-elle.

Au moins, pour ce cours de mathématiques, classe dont était responsable le professeur principal, ils seraient côte à côte. Comment se concentrer, d'ailleurs ? Elle peinait beaucoup en calculs et géométrie, déjà parce qu'elle se retrouvait plus à l'aise dans ses bottes avec le français et parce qu'elle ne sentait pas à l'aise dans ses bottes avec cet Allan Théo, assis à côté. "Quelle triste comparaison !" se disait-elle. "Quelle pâle copie, cet Allan Théo !" Enzo avait un regard plus félin, des cheveux mi-longs, mais plus frisés, qui faisaient un énorme contraste avec son nez pointu, pentu. Ses narines indiquaient le chemin vers le péché capital… Et puis, il était quand même beaucoup plus frêle qu'Allan Théo. En revanche, cela lui conférait une certaine fragilité qui rompait avec ses traits plutôt masculins. Bref, en fait, il n'avait rien en commun avec le chanteur qui avait aussi onze ans de plus. Allan Théo chantait cette année-là "Lola'" en position verticale, Laura voulait qu'Enzo lui murmure "Laura" en horizontal. "Quelle midinette de pacotille !" jugea sévèrement Dieu, depuis le serpentin de la foudre qu'il déploya pour être en phase avec une humeur colérique, mais passagère.

Enzo avait son groupe d'amis, ceci dit pas dans sa classe. Il se retrouvait cruellement seul en cette dernière année de collège. Laura vit une grande opportunité dans cet isolement. Ils commencèrent par de petits rires timides de moquerie envers le professeur de mathématiques, qui pouvait user d'un langage et d'un ton pédant inhabituel pour ce métier scientifique. Enzo l'imita à une pause de récréation, juste à la sortie de la classe et Laura en faisait partout dans sa culotte, littéralement. "Avait-il ne serait-ce qu'un défaut, cet ange venu tout droit du Ciel ?" Dieu pensa : "Si tu savais ma cocotte…!" Elle se sentait tellement bien avec lui, il alternait entre elle et ses amis des autres classes, puis l'intégra, petit à petit, à son groupe du moment. Franchement, sa finalité, c'était atteindre son cœur, coûte que coûte, alors que lui ne semblait pas démontrer la même chose envers elle. La proximité géographique de leurs deux maisons pavillonnaires les rassembla énormément, du fait qu'ils faisaient très vite le chemin ensemble jusqu'au collège, le matin et rebroussement de ce parcours au retour au bercail, le soir.

Laura obtint ce qu'elle avait toujours voulu, au bout de trois mois. Un soir, en revenant de la boulangerie, où ils avaient commis un délit d'overdose de sucreries, puis après avoir fait le tour des caddies du supermarché "Mammouth", en vue d'amasser des pièces d'un franc subtilisées dans les véhicules du capitalisme mal accrochés, ils s'assirent dans le terrain vague entre leurs quartiers respectifs. Début décembre, Laura n'était guère munie que d'une veste peu épaisse et Enzo, gentleman, lui prêta son manteau, faisant affront aux négations réitérées de la pucelle. Il la convainquit par l'argumentation des doubles épaisseurs de pull-overs qu'il portait en-dessous. Lorsqu'il lui enfila le deuxième bras, Laura était pleinement tournée vers lui et ils choquèrent leurs deux corps, *on ne savait quelle partie exactement, mais il y avait quelque chose de dur. (Non lecteur ce n'est pas ce que vous pensez !).* On aurait dit Zidane décochant son coup de boule à Materazzi, huit ans plus tard que ce fil argumentaire qui nous occupait à présent, pensa bien évidemment Dieu, baignant dans son hammam de nuages, pourtant pas fan de football, juste spectateur des Coupes du Monde. Cependant, comme toutes les niaiseries de films romantiques, Laura et Enzo finirent par relever la tête, se regarder dans les yeux et s'embrasser langoureusement. Dieu s'était dispersé à ce moment-là, puisque Ganesha déboula et réalisa les mêmes labeurs que nos deux tourtereaux terriens, en version adulte et divine. Et le bougre avec ses tentacules et sa trompe, le Ranma ½, mi-poulpe, mi-éléphant, il savait rendre utiles toutes ses extrémités ! Dieu n'était pas homosexuel. *Peut-être hétéro curieux ?* Ganesha aussi avait l'air très trans, dans son aspect. Soit ! Dieu n'aimait aucunement catégoriser les hommes, ni ses collègues célestes.

Laura et Enzo, ce fut un amour pur. Les deux vierges arrivèrent ensemble au lit, deux mois après leur premier baiser. Leur mélange constitua un délice inconscient certes, car sans protection, mais aussi une fusion qui sublimait la vile besogne de la perforation de l'hymen. Bien sûr, ils avaient déjà deviné leurs corps respectifs auparavant. Les étreintes chaleureuses laissèrent de moins en moins de place à l'imagination. Enzo avait senti ses seins, lorsqu'elle s'était pressée contre lui. Elle aurait des mamelons avec un galbe de la partie supérieure invitant à lécher jusqu'aux tétons pointus. Laura avait senti son pénis dur, lorsqu'il s'était pressé contre elle. Il aurait un pénis bien fourni, sûrement un peu plus que la normale, en longueur et tout à fait correct en largeur, même si elle ne s'était jamais "confrontée" à ces engins de pénétration, donc la comparaison n'était de toute façon pas permise. À cette occasion, déjà concertée lors des précédents rendez-vous (Víctor et Sylvie étaient partis pour une nuit à l'hôtel pour fêter leur anniversaire de mariage), tous les détails étaient prévus : l'ambiance romantique avec un CD regroupant les plus belles ballades dans la chaîne stéréo, beaucoup de bougies sur le sol renvoyant aux flammes incandescentes de l'acte en lui-même. Ils s'embrassèrent sans arrêt, jusqu'à arriver à la chambre d'Enzo.

Les deux en avaient le souffle entrecoupé et surtout elle, lorsque Enzo s'attela à lui enlever son chemisier léger, dernière couche avant le Saint Graal. Non, avant-dernière, n'oublions pas l'accroche-seins ! Oui, Enzo n'en trouvait plus le vocabulaire approprié. Il voulait ôter cet accroche-seins et ce cache-sexe *(!)* en dentelle. Le soutien-gorge était la partie la plus compliquée. Il n'en avait guère l'habitude. La fougue rajoutée à l'adrénaline du débutant lui faisait avoir un Parkinson à la Michael J. Fox. Mais lorsque les deux objets, cibles de son désir tactile, se libérèrent, il recula de quelques centimètres afin de les observer. C'étaient deux poires aux arrondis généreux, deux fruits défendus, qui auraient fait leur croissance par le moyen de pesticides et donc, aucune bête n'était venue altérer leur intégrité, qu'elle se range dans la catégorie des insectes ou dans ce cas précis, des autres mâles. Laura se sentit légèrement honteuse devant ce déballage et le jugement, même ponctuel, de son amant. Les yeux adoucis de nouveau, teintés d'un vert chaleureux, se métamorphosèrent à l'instant d'après, en un regard de lynx magnétique, rehaussé par les flammes des bougies aux reflets rouges, à travers les récipients de cristal où elles étaient entreposées. Le prédateur était là et Laura voulait s'accoupler avec lui. Il toucha ses seins d'une finesse infinie par le biais de ses doigts, puis descendit avec ses mains entières en latéral, dans le but de soupeser ces formes parfaites. Il se baissa pour les humecter du bout de la langue et n'en pouvant plus, il lui lécha toute la peau supérieure, jusqu'à redescendre au niveau de ces tétons qui pointaient. De quelle couleur étaient-ils ? Avec la lumière rouge, il ne savait pas réellement, mais c'était un délice. Pour lui, comme pour elle, qui inclinait sa tête en arrière, de par l'intense plaisir provoqué. Laura fit de même que lui, d'abord, lui enlever cette chemise à carreaux rouges et verts pour y découvrir un torse sans poil d'une extrême douceur en surface, d'une extrême dureté par son contenu, même si un adolescent se présentait devant elle. Elle lui lécha son torse et elle peinait à croire que le corps d'un homme puisse être si exquis. Elle lui déboutonna le jeans délavé et lui arracha quasiment son caleçon. Elle ne voulait pas douter un instant, pour que la virginité ne reprenne pas le dessus sur son état nerveux. Elle y découvrit cette tige longiligne munie de son gland décalotté et elle pensa de façon saugrenue que la géométrie servait à cela, à créer des cylindres surmontés d'une demi-sphère, dans un souci d'esthétisme. Étonnante régularité de son sexe et ce demi-cercle suspendu au bout. Elle l'empoigna et fit quelques mouvements indélicats avec sa main droite. Se sachant débutante dans le malaxage de bites, elle pensa que la fellation aurait plus d'effets garantis. Elle trempa le gland avec sa langue et Enzo intensifia la respiration. Elle goba le gland avec sa bouche et Enzo intensifia la respiration, derechef. Il se laissa plonger dans un océan de volupté et guider par les terminaisons nerveuses qui affleuraient. Celles-ci recevaient un fluide transparent, de préparation à la digestion, et elles répondaient par un fluide plus mousseux, de préparation à la pénétration. Enzo voulait lui rendre la pareille. Il porta Laura et la jeta délicatement contre le lit. Il lui enleva sa culotte et vit des contours exubérants : un petit duvet recouvrait une mansarde à l'architecture de Gaudi. Les bâtisses extérieures esquissaient des lignes courbes, qui rappelaient les formes des baies vitrées de la Casa Batlló, à Barcelone. Enzo voulait visiter cette ville depuis toujours, il pénétrerait ce même jour son surréalisme. Mais tout d'abord, il y passa la langue. Cela fourmillait de partout et il semblait qu'il pouvait toujours atteindre une nouvelle muqueuse dans cette cavité, s'il s'introduisait plus profondément. Il n'y tint plus et voulut savoir la sensation que cela provoquait à son membre inférieur. Les jambes écartées, bien offerte, Laura vit comment le sexe de son homme commençait à frotter délicieusement son trou. Elle devinait des flots d'excitation de sa part, dont l'intention était d'étayer la performance sur scène. Enzo jouait avec son gland et lui fit écho, au moyen de filets de pré-séminal, aussi solidaires dans la réalisation de l'acte. Puis il l'introduisit petit à petit. Chaque millimètre était une conquête pour lui, une transcendance pour elle. Il sentit comme l'intérieur se ramollissait, telle la façade fondante de la cathédrale Sagrada Familia, encore une fois à Barcelone. Enzo s'inquiétait de savoir si sa promise avait mal. Elle lui somma de continuer, ce qu'il exécuta sans plus attendre. Ce frottement si délicieux, cette malléabilité des parois, cet abri sans fond ! Laura et Enzo firent l'amour, comme jamais ils n'auraient imaginé que cela puisse être. Après une dizaine de minutes, Enzo se gorgea de sang, Laura en gémit à son oreille. Il se releva légèrement en vue de caresser ses seins et lui injecta son sperme, dans le plus profond du vagin. Les à-coups étaient sauvages, des dizaines de jets rebondissaient sur la cloison de Laura et relubrifiaient le membre d'Enzo, entièrement beurré du mélange des fluides. Finalement, ils restèrent quelques minutes de plus à profiter du reste de l'érection de Enzo dans des embrassades langoureuses. Et aussi, former ce prisme triangulaire magistral entre leurs yeux verts aux nuances désormais grises de nostalgie, de l'imbrication cylindrique survenue entre leurs sexes, rouges de passion et de l'hymen amoureusement détruit.

Dieu en eut une érection, venant de la queue fournie par son enveloppe corporelle humaine. "Oh mais dis donc ! Détourne les yeux, c'est presque ton fils sur Terre que tu regardes là !" se ravisa-t-il. Soudainement il se demanda si c'était à l'ordre du jour tout ce déballage passionnel… Après tout, Enzo allait devenir épidémiologue pour sauver la planète, en 2020. Cependant, son fichier informatique avait embelli son Messie, faisant de lui un enchantement pour tout le monde, à vrai dire. Il avait besoin d'un consensus universel sur cet être qui se démarquait peut-être des autres Messies scientifiques envoyés par le passé. Il ne lui semblait pas que la vision de 2020 incluait une femme telle que Laura aux côtés d'Enzo. La ressemblance était frappante certes, mais la couleur de peau entre les deux ladys n'était pas du tout la même. Logiquement, elle devait constituer un amour d'adolescence, le tout premier, d'où aussi cette intensité des sentiments à fleur de peau. Ceci dit Dieu n'était pas tranquille… "Allez, déroulons le fil du temps !" Il fit avance rapide et il vit rapidement toute la période comprise entre 1998 et 2020, repassant par tous les tubes de Britney Spears, bien sûr. Il s'arrêta sur le clip de "Womanizer", sorti en 2008. Il le regarda en faisant le parallèle avec "Toxic", un peu le même argument, l'émancipation de la femme incarnée par Britney avec différentes perruques et malmenant un blond.

La différence avec "Toxic", c'était qu'elle apparaissait toute nue, cambrée, dissimulant bien évidemment, les parties sensibles au grand public. "Wouf !" pensa Dieu, tel un loup hurlant de chaleur à la recherche d'une partenaire. Il se reprit immédiatement, en faisant résonner en lui les leçons apprises avec son psychiatre Serge Karamazov. En conséquence, il se remit en mode accélération du temps dans l'objectif d'arriver en 2020. Et que voyait-il ? Un désastre encore plus grand à cause du Coronavirus. Une guerre civile déclarée en Espagne, en 2021 et risquant de provoquer un "printemps européen", comme le tout à fait désastreux "printemps arabe" né fin 2010, en Tunisie, qui fit des émules ravageuses dans d'autres pays comme la Syrie. Les autres pays voisins flirtaient avec ce choc frontal à l'espagnole… Et Laura et Enzo vivaient heureux en France avec leurs deux enfants, garçon et fille, le conte parfait. "Désolé les cocos ! Je ne peux pas vous laisser faire…" s'exclama Dieu devant son écran de PC.

Il n'eut pas de choix. Il intervint sur les niveaux d'hormones des deux futurs amants maudits, comme pour les êtres humains originaux Adam et Eve, mais exactement à l'inverse. La testostérone déclina chez Enzo, faisant baisser son zizi en érection. Les œstrogènes diminuèrent chez Laura, faisant affaisser son clitoris. Dieu fut assez magnanime pour appuyer sur "Enter" après leur première copulation, ils auraient connu une fois le plaisir avec un grand "P", étant pré-adultes avec un petit "p". "Et oui c'était ça aussi de vouloir jouer dans la cour des grands trop tôt !" Cela dit, leur mémoire fut aussi altérée, pour ne pas garder un souvenir trop grandiose de ce moment et que l'amour à profusion ne vainque pas le dénuement d'hormones. Les jours d'après, Laura et Enzo s'évitèrent. Ils allaient ensemble au collège, mais le chemin, d'habitude court, se faisait éternel. Puis, lors de la récréation, chacun partait de son côté. En eux, des milliers de doutes. En eux, tout avait changé, comme ils avaient goûté au fruit défendu, pensa Enzo en revoyant Ève succomber à la pomme proposée par le serpent. "Tu te goures fiston ! Ce n'est pas du tout comme cela que ça s'est passé !" ricana Dieu. Enzo n'y tint plus et un jour, en revenant de l'école, il eut une grande discussion avec Laura et les deux vidaient leurs cœurs, libérés par les paroles de l'autre qui reflétaient finalement les mêmes craintes. Être ensemble saborderait une grande amitié. Ils scellaient leur pacte et officiaient l'enterrement de leur amour par un pincement de leurs auriculaires, dorénavant signe de leur éternelle liaison platonique. Dieu eut un peu d'amertume. Néanmoins, il ne flancha pas, car il savait qu'Enzo allait trouver d'autres amis.

Corentin Artole remarqua Enzo dès le premier jour de la rentrée de seconde, en 1998. Et il en perdait son latin. Et qui plus était, il n'était pas gay, Corentin. Néanmoins, lorsque Enzo arriva à ses côtés et lui demanda s'il pouvait s'installer à côté (Laura était dans une autre classe, mais dans le même lycée), il remarqua une beauté masculine comme il n'en avait jamais vue. Le jeune adolescent n'avait pas de honte à trouver des gens de son propre sexe attirant. Il avait ses propres goûts et voilà que cela se matérialisait en Enzo. Ses cheveux légèrement frisés, virevoltants depuis les deux côtés du front, contrastaient avec la forme longiligne et prononcée de son nez. "Il doit bien sentir !" se dit en lui-même Corentin et il se flagella immédiatement d'avoir une pensée aussi incongrue lui passant par la tête. "Sentir quoi ? Sentir L'eau, d'Enzo." Le *latin lover en herbe* rompit la barrière de gêne entre les deux adolescents : "Je suis Enzo, enchanté !" Ce à quoi l'autre répondit "Co Co rentin moi !". "Ouh là, mais il va penser que ta noix de coco est bien vide !". Au contraire, Enzo continua à faire les présentations et à détendre l'atmosphère. Corentin se sentit à l'aise avec lui et l'embaumement de la pièce à sa venue donnait un cadre propice au dialogue. *Inconsciemment, à autre chose.* Néanmoins, une amitié s'établit entre les deux compères, très vite, faisant annuler toute infraction au deuxième commandement originel.

Corentin et Enzo, c'étaient de grands garnements sympathiques. Ils pouvaient bavarder comme des pies, ce qui agaçait des fois leurs professeurs. Cependant, ceux-ci s'accordaient à penser que cela ne mangeait pas de pain ! Enzo était tout le temps fourré chez Corentin et inversement, si bien que leurs propres parents croyaient avoir eu un autre descendant. "Les Artole, en opinaient-ils autant ?" se demandait Sylvie. "Assurément !" lui susurra Dieu à l'oreille. Sylvie et Víctor, mais aussi Rapha et Esther se firent la même réflexion. Cela dit, ils avaient des activités de freaky peu nocives, à bas régime : quelques heures de Super Mario Kart, à s'envoyer des bananes en l'air, mais aussi par terre, pour que l'adversaire se retrouve totalement sonné ! La carapace de tortue rouge était dangereuse, parce qu'elle épousait totalement le chemin de l'adversaire pour arriver jusqu'à ses fesses. Et que dire de l'étoile, ça te prenait tout le corps en voyant toutes les couleurs de l'arc-en-ciel et te dopait à fond les ballons. "Super Mario Kart est une métaphore de l'homosexualité !" conclut Dieu en voyant la correspondance entre le circuit fait de nuage et arc-en-ciel du jeu de prédilection de Corentin Artole et Enzo Gutiérrez et ses propres arcs-en-ciel célestes, terrains de jeu de Arthur Rimbaud et Paul Verlaine.

Très vite, Enzo considérait Esther et Rapha comme de la famille et cela était réciproque. Idem entre Corentin et Sylvie et Víctor. C'est pourquoi, *l'apprenti Messie* fut presque autant peiné que son ami par le cancer du côlon qui dévora Rapha. Comment survivre à une tragédie pareille ? Corentin fut exemplaire dans cette lutte. À chaque session de chimiothérapie, il avalait, en son for intérieur, l'immense douleur de voir son père disparaître à petit feu. Son aspect corporel s'en ressentait. Certains de ses traits se froncèrent, d'autres se dilatèrent, comme par un gribouillis formé par la gravité ou bien la centrifugation de la situation. L'enfant était devenu un homme subitement, à 16 ans, pas parce qu'il pénétra une femme d'une autre famille, mais parce qu'il perdit l'homme de la sienne. Et il prit la relève, déjà dans la période agonisante de son père. Esther avait du mal à être à la hauteur. On parlait souvent des effets néfastes de la maladie sur la personne en question, on oubliait bien des fois le calvaire passé par les proches. La jeune femme souffrait les conséquences du cancer, même s'il ne s'était pas incrusté dans sa chair. Elle perdait de ses cheveux bruns, pourtant de naturel si soyeux, tellement qu'elle devait rincer et recueillir les mottes velues sur le plateau de douche assez souvent. De plus en plus squelettique, son mari l'accompagnait dans le lit, auprès de son corps presque tout autant inanimé. Enfin non, celui d'Esther était animé, mais de la plus grande combinaison de négation jamais accumulée sur cette terre. Si cela pouvait se représenter par une boule explosive, elle serait un "Kaméhaméha" du frêle "Tortue Géniale" de Dragon Ball Z que son fils chérissait tant, mais qui finissait par l'engloutir dans les fins fonds terrestres.

Quant à Enzo, il fut un appui considérable pour la famille de son meilleur ami. Il apportait des Tupperware de mets délicieux pré-parés par Sylvie Thibault et aussi des spécialités espagnoles signées Víctor Gutiérrez comme des paellas et des tortillas. Le premier des plats fut cependant très vite banni, puisque les odeurs de mer provoquaient les nausées à Rapha. Puis il commença à dormir chez son compagnon de temps à autre. Cela préoccupait Sylvie qui voulait le protéger. Toutefois, Víctor vit en son fils un vrai héros et il sentit qu'il devait laisser libre cours à son empathie. Enzo faisait la cuisine pour soulager Esther, il élaborait les devoirs avec Corentin et conversait longuement avec Rapha, des fois comme s'il s'agissait d'une relation père-fils. En temps normal, cela pouvait être dangereux et provoquer, possiblement, une certaine jalousie du vrai fils de Rapha. Cela ne fut jamais le cas. Précisément, *le Messie imberbe* était d'une sensibilité remarquable et il savait laisser place aux vrais membres de la famille. La perte de la figure pater-nelle fut une énorme tragédie. Esther sombra dans une dépression énorme, mais se releva pour le bien-être de son fils. Corentin prit le flambeau du maître de la lignée, en s'inspirant de la bravoure de son meilleur ami. Enzo lui, trouva son chemin pour le futur. Il en fit même les confidences à Rapha, avant qu'il ne trépasse. Il travaillerait dans la médecine avec comme seul objectif, de sauver des milliers de personnes. Dieu en fut tout ému en avalant ses pop-corn de nuage et en assistant à cette scène. Il n'avait pleuré qu'une seule fois par le passé. Il avait usé sa capacité cornéenne lacrymale, lorsque Jack Dawson s'enfonça dans les abysses laissant

Rose DeWitt Bukater flottant sur la porte, quand le Titanic coula. Pourtant, il avait assisté à des scènes comme celles-ci, durant le naufrage de la vraie épave, en 1912. Néanmoins, elles n'avaient aucunement l'intensité réelle de la relation dépeinte dans le film. "Il est fort ce James Cameron, comme il rendait sublime toute cette tragédie !" osa penser Dieu. Il se retrouvait à chouiner une deuxième fois devant la contemplation du moment précis où son fils prenait le chemin de sa destinée, par le biais du décès de son père adoptif *(version 2 ou 3, oui Enzo avait décidément beaucoup de pères !)*. La rentrée dans la classe supérieure était déjà toute choisie, ce serait bien évidemment la filière scientifique.

Béatrice Lafea remarqua Enzo dès le premier jour de la rentrée de première scientifique, en 1999. Et elle en perdait son latin, mais pas immédiatement. Cela se fit graduellement et prit son ampleur apothéotique, au-delà de l'esthétisme évident et de la sympathie flagrante de son camarade. Enzo s'assit à côté d'elle, car dépourvu de ses deux compagnons Laura et Corentin, en classe de première littéraire ensemble. Il sentait comme un déjà-vu, lui tout seul, à chaque rentrée scolaire. Toutes les années, il suscitait naturellement la curiosité de son compère. "Je suis Béatrice !" dit-elle d'un air décidément bien plus assuré que les précédentes compagnies de premier jour de classe. "Moi je m'appelle Enzo, enchanté !" Ils étaient donc voués à partager ensemble le cours de physique-chimie qui, au final, représentait le terrain d'entente entre les deux adolescents.

Béatrice et Enzo, c'étaient des amoureux de la science. Elle, c'étaient les mathématiques et lui, c'étaient les sciences de la vie et de la Terre. Toutefois, Béatrice peinait beaucoup dans cette dernière matière, pas tant que cela en géologie, c'était plutôt la génétique qui constituait sa bête noire. Enzo était un phénomène, bien sûr ! "Cette réplication de l'ADN ne pouvait être que l'œuvre de Dieu, ce n'était pas possible !" se disait-il de temps à autre, pourtant, le plus athée de tous. Dieu affirma fier dans son jacuzzi de nuages aux sels de bain de l'Uyuni céleste "Eh oui coco, c'est moi ! Allez fiston ! Montre-nous de quoi tu es capable !" Et Enzo "manipulait" à la perfection les drosophiles devant Béatrice, ces mouches qui avaient telle ou telle caractéristique phénotypique, en fonction des gènes de l'ADN contenu dans leurs cellules. L'adolescente en vint à le comparer à Jeff Goldblum comme dans les deux films "La Mouche" et " La Mouche 2 ". Enzo en rit sur Terre, mais Dieu aussi en ricana sur Ciel. Il adorait ce film bien perturbant et peu ragoûtant, surtout le deuxième opus. Lorsque Jeff Goldblum, souffrant de la métamorphose avancée par la fusion de son matériel génétique avec celui d'une mouche qui s'était incrustée dans l'engin de télétransportation Telepod, commençait à vomir des enzymes digestives sur la nourriture qu'il voulait ingurgiter, c'était vraiment dégueulasse ! Béatrice fit un mauvais jeu de mots en demandant à Enzo s'il était "trop zoophile", de sa "drosophilie". Miraculeusement, elle commença à adorer la biologie, à tel point qu'elle changea les inconnues X et Y des équations par les chromosomes X et Y de la génétique. Elle savait qu'Enzo serait un scientifique hors pair. Il maîtrisait le discours devant l'audience qui lui faisait face. S'il s'agissait de personnes avec un profil hautement technique, il dissertait sans fin et avec une passion hors norme. Mais là où il excellait et ce depuis la première scientifique, c'était de donner des explications à de grands débutants. Il fit découvrir sa vocation à Béatrice, comme Moïse avait fait s'écarter la Mer Rouge pour que les Israélites puissent échapper aux Égyptiens et cette même masse d'eau se refermait ensuite, sur ses derniers. "Quelle imagination, ces humains !" s'était alors étonné Dieu à la lecture du plus grand succès de science-fiction jamais porté sur la Terre, la Bible. "S'ils n'existaient pas, il faudrait les inventer" pouffa-t-il avec son ami Viracocha, premier dieu fondateur de la civilisation inca, mais aussi le créateur de la Terre avec Dieu. Ce dernier hérita de ce titre de par le succès universel du catholicisme, sans aucune jalousie de Viracocha qui lui céda le Copyright "Earth ® ". "Moi tant qu'ils me laissent tranquilles, ces abrutis sur Terre..." formulait tout calmement Viracocha, qui ne voulait aucunement être à charge de la plus grande croyance mondiale.

Tout comme Béatrice, Enzo fit des études de médecine et celui-ci réussit avec brio, laissant même son amie redoubler la première année. Il continua par un doctorat en épidémiologie. Sa thèse "Description des symptômes évolutifs du virus de l'influenza et transmission entre les animaux et l'homme : méthodologie de quantification des marqueurs épidémiologiques" reçut un unanime "Cum Laude" de par les membres du jury et sa photographie, un "Cum Shoot" ou giclée de sperme venant du membre d'un de ces fameux membres, si réputé dans la profession *(réputé le membre du jury, pas le membre du membre du jury)*. Celui-ci avait flashé sur cet être si intelligent et si beau à la fois, pourtant hétérosexuel heureux et "marié, deux enfants". Comme la série avec l'actrice Christina Applegate, la blonde cruche si bonne, selon Dieu et le personnage d'Al Bundy, le cordonnier grincheux dont Dieu était aussi fan, mais pour ses blagues envers les grosses et ses grognements de mâle de famille. "Oh, d'ailleurs, l'acteur a dû s'en donner à cœur joie de donner la réplique bien des années plus tard, à l'exubérante et pulpeuse Sofia Vergara dans « Modern Family » pensa-t-il aussitôt, en déroulant le fil de sa réflexion, tout comme il aimerait dérouler autre chose en étant en contact avec elle. Oui, il lui donnerait bien aussi la réplique divine de son sexe. *Dieu, tu te perds si facilement… Reviens sur Ciel !*

Et nous, revenons sur Terre ! On parlait de la grande dotation d'Enzo… pour les études ! Son travail sur l'influenza avait été tellement remarquable que l'Institut Pasteur surnomma le prodige "Enzo l'Influenzo !" Et il en avait eu de l'influence sur les collègues de ce même établissement, et ailleurs… Il était tellement excellent que la réputation du jeune homme outrepassa très vite les frontières de la France. Tous les laboratoires se l'arrachaient comme les midinettes le faisaient avec les Boys Band ridicules à la plaquette de chocolat blanc (sauf Adel des "2Be3", plutôt chocolat au lait), en guise de ventre dans les années 1990. La reine des fans du Messie fut le CSIC Consejo Superior de Investigaciones Científicas ("Conseil Supérieur de Recherches Scientifiques" en français) de Madrid. Il voulait acquérir et donc, récupérer ce talent national, après tout. Et Enzo, passionné par le pays de son père, son pays de naissance, et étant parfaitement bilingue, prit sans trop de difficultés quelques valises direction Madrid. Ce qui le convainquit totalement, c'était le récit fait par sa propre mère de la "Movida Madrileña". Il ressentirait en lui exactement, ce que sa mère avait pu vivre dans ses pores. Cette universalité de rébellion, cette dualité des us et coutumes, cette triangulation de "la España una, grande y libre" (slogan de l'Espagne franquiste, "Espagne unie, grande et libre" en français).

En France, Enzo avait cheminé avec ses amis et tous les trois, Laura, Corentin et Béatrice avaient vu, en lui, l'incarnation de la perfection par le biais de différents attraits remarqués par chacun des membres du groupe. C'était le quatuor imbattable et ainsi le voyaient aussi les parents d'Enzo qui se rappelaient alors leur ancien groupe de baroudeurs : Sylvie, Víctor, Lidia et Gonzalo. Ah, ce défunt Gonzalo … Puis était venu Sebastián reformant alors, la bande des quatre. Les trois meilleurs amis d'Enzo virent leur groupe réduit à un trio. Cependant, il reviendrait pour les vacances et ils savaient que cette histoire d'amitié durerait toujours, même avec ces quelques centaines de kilomètres qui les séparaient de lui.

Sylvie vit partir son fils depuis l'aéroport de Toulouse Blagnac et elle ne put éviter de pleurer à grosses et chaudes larmes sur le tarmac. Dieu vécut la scène de "Pretty Woman" dans le taxi où Julia Roberts se rendait à l'aéroport et venait de quitter son client tout moisi, Richard Gere *("Moisi", note de traduction de Dieu)* qui regardait depuis son balcon et avec la chanson de Roxette "It must have been love".

"It must have been love
But it's over now
It must have been good
But I lost it somehow"

"Cela a dû être de l'amour
Mais c'est terminé maintenant
Cela a dû être bon
Mais je l'ai perdu en quelque sorte"

(C'est dingue comme les traductions de chansons perdent leurs rimes mais aussi leur intensité...)

L'ange devait voler de lui-même. L'Espagne accueillerait Enzo les bras ouverts, Sylvie n'avait aucun doute là-dessus, comme ce pays l'avait fait pour elle, quelques dizaines d'années auparavant. L'Espagne serait heureuse. En revanche, la France perdait à ce moment-là celui qui était censé être le futur sauveur de la planète.

3. LE PARCOURS PROFESSIONNEL D'ENZO

Enzo arriva à Madrid en avril 2008 et toutes les Espagnoles en perdaient leur latin. "¡Calor! ¡Calor!" ("Chaleur ! Chaleur !" en français), pensaient-elles à l'unisson. Ce petit être de 25 ans se bonifiait chaque année. Et si c'était une "bomba caliente" ("bombe chaude" en français) déjà à 25 ans, chaque année supplémentaire jusqu'à ses 30 ans le rendait encore plus sublime.

A 26 ans, Enzo fit une chute dans les escaliers du CSIC. Les femmes, munies de leur double bouée, accoururent autour de lui, telles des Pamela Anderson venant à la rescousse d'un noyé comme dans "Alerte à Malibu". Et ce qu'elles voulaient, c'était lui faire du bouche-à-bouche. La première arrivée, c'était Penelope Cruz du CSIC, du même prénom et nom que la célèbre actrice *(parce qu'en Espagne tout le monde s'appelle pareil, d'où le besoin que les Espagnols aient les deux noms provenant du père et de la mère afin de mieux les distinguer)*. Devant l'état d'inconscience d'Enzo, elle s'agenouilla et fut prise d'un délire scénique, en commençant à gazouiller la chanson "Volver", éponyme du film de Pedro Almodovar, interprétée par l'actrice du même nom. Elle touchait sa tempe endolorie et passait ses doigts sur le sang, sans mouchoir, avec le regard tourné vers l'horizon :

"Volver
Con la frente marchita
Las nieves del tiempo, platearon mi sien
Sentir
Que es un soplo la vida…"

"Revenir
Le front flétri
Les tempes argentées par les neiges du temps
Sentir
Que la vie n'est qu'un souffle…"

Devant le surréalisme de la scène, Enzo ouvrit de grands yeux gris de peur et recula, acculé par la terreur. Puis il se releva tout de suite, même s'il était bien amoché. Reprenant ses esprits et revenant à la réalité, Penelope Cruz vit quelques gouttes d'hémoglobine sur ses mains. Elle s'éclipsa vite dans les toilettes, dans le but de lécher sa main et laissant les autres femmes s'occuper de son amoureux secret. Ces quelques larmes rouges, exquises, portaient l'ADN de l'homme le plus parfait au monde. C'est pourquoi, elle n'hésita pas à mettre les doigts sanguinolents dans son vagin, après avoir goûté cet élixir. Si elle ne pouvait fusionner avec Enzo, il se mélangerait à elle par le biais de son fluide vital bordeaux, colorant la translucidité de sa muqueuse utérine. "Mais elle est tarée celle-là !" s'offusqua Dieu. Le fanatisme grandit encore plus par la suite, puisque Enzo avec sa cicatrice à l'arcade gauche paraissait le délinquant devenu top model international à sa sortie de prison, en 2016, avec ce même regard teinté de bleu et gris clair, Jeremy Meeks. Cependant, il traçait son chemin sans être affecté par les opinions des femmes.

À 27 ans, Enzo se mit à sculpter un corps athlétique, non pas musclé à outrance. Une apparence carrée venait effacer la silhouette plus frêle de petit bonhomme récemment arrivé à la capitale espagnole. Et si toutes les femmes voulaient déjà se perdre dans ses yeux, désormais, elles voulaient perdre leurs mains sur son corps. "Oh pardon, je ne voulais aucunement aller aussi bas, j'en suis confuse !" braillait une de ses nouvelles collègues faisant sa connaissance au CSIC, sauf qu'elle lui frôla le gland puis toucha la fine tablette de chocolat blanc. Et il continuait, le bougre, à être humble et à ne pas profiter de la situation. Dieu formula un "T'es idiot ou quoi ?" derrière le Soleil et il pensa soudainement aux Teletubbies, l'agaçant soleil à l'apparence de bébé qui était insupportable, mais tout sourire pour annoncer à nouveau une même scène déjà vue, lobotomisante, à destination de tous les enfants. "Quiconque ayant vu les Teletubbies, même bébé, était totalement voué à devenir Téléteubé !" sentencia-t-il.

À 28 ans, Enzo vit apparaître ses premières rides. *Rien de bien méchant, rassurez-vous !* Ce saligaud laissait apparaître qu'il allait devenir un "George Clooney" en puissance, lorsque le blanc se serait emparé de sa chevelure. Il dirait "What else ?" en prenant son café avec un timide sourire et des yeux fronçant légèrement. De surcroît, il jouerait avec la couleur de ses yeux, chose que le "Clowny" ne pouvait pas faire avec ses yeux de cochon.

A 29 ans, Enzo se laissa pousser les cheveux, un peu ondulés, et il les attacha avec un élastique derrière, lui conférant un effet rebelle. Dieu voyait en lui une version plus mince du costaud avec son strabisme, mêmes yeux qu'Enzo et qui se faisait la naine Emilia Clarke dans "Games of Thrones", oui, Jason Momoa. Cela devait être tellement passionnant de voir l'entrée d'Emilia Clarke se faire remplir par un Jason Momoa, comme la bouche d'une grosse carpe dans l'eau. Dieu était assez obsédé par le porno type "Interracial", de manière à voir comment le black pouvait dilater l'entrée d'une petite blonde aux lèvres du bas d'apparence rose et fragile. Puis ce trou béant si flexible qui pouvait emmagasiner cet énorme boudin (*Je précise qu'il s'agit d'un mot à vocation non péjorative, bien au contraire, pour les susceptibles des années 2020*) et si en plus la scène continuait par un coït anal… Des fois, Dieu se demandait s'il ne devrait pas consulter un sexologue. "Mais non, soyons honnêtes, presque tout le monde sur cette Terre est pervers ! Ah oui, mais au Ciel, qu'en était-il ?" s'interrogeait-il, dubitatif devant un miroir d'eau, construit par ses propres mains reflétant un petit lac vertical formé par des nuages pluvieux en son sommet.

Enzo en fit chavirer des cœurs durant ces cinq premières années à Madrid. Surtout à son arrivée. Il goûta à l'ersatz de la "Movida madrileña". Il découvrit le bar "Vía Láctea" et s'imaginait comment avaient évolué son père et surtout sa mère, elle, française pure souche, dans ce cadre, à un moment tellement "underground". La capitale espagnole, c'étaient donc des petits bars dans plusieurs quartiers qui avaient de "la gueule". C'était la fête jusqu'à pas d'heure. C'étaient des verres avec des doses d'alcool de "chacal". C'était l'endroit le plus ensoleillé qu'il avait vu et pourtant, les premiers temps, il ne le vit pas tant que cela l'astre au firmament. Peut-être en sortant d'after où il se mêlait, tel un zombie totalement ébloui, aux familles allant à la messe, le dimanche matin ou même à midi. Madrid, c'était faire l'amour *(avec préservatif, s'il vous plaît)* à Aida, Alba, Ana, Andrea, Arancha, Berta, Carla, Carolina, Catarina, Cintia, Clara, Claudia, Corina, Cristina, Daniela, Debora, Diana, Elena, Eva, Fernanda, Gema, Gloria, Helena, Inmaculada, Julia, Katia, Lara, Laura, Leticia, Lucía, Maika, María, Marta, Mireia, Monica, Natacha, Olivia, Patricia, Rebeca, Rosa, Rosalia, Samira, Sandra, Sara, Soraya, Sheila, Susana, Tamara, Ursula, Vanesa, Victoria, Xena, Yolanda et Zara. *Et je sais les réflexions que vous vous faites à la lecture de cette liste "Il n'a pas fait tout l'alphabet. Il manque le Q et le W." Allez trouver, vous, en France comme en Espagne, des femmes en Q et W... "Ce ne sont que des prénoms finissant par A." Ben oui, c'est l'Espagne ! Bon, il y a quand même quelques prénoms qui ne s'achèvent pas avec la lettre A et Enzo culbuta un Víctor (tiens comme son père !) qui se présenta comme Victoria, mais il n'était plus en état de discerner une fille d'une "folle" qui, en plus, le piégea allégrement avec quelques poudres magiques dans son verre. "Quel goujat !" Après il n'y en a pas eu qu'une seule des Ana, Laura, María, Etcetera. Veuillez respecter son intimité en ne divulguant pas le nombre exact, s'il vous plaît ! Venez vivre en Espagne et passez toute une nuit et le matin d'après, à boire ! Puis, dans cette liste, il y en avait des franchement canons... D'autres, pas tant que cela, certes.*

Beaucoup de femmes se surprirent à s'engager dans des réactions d'hystérie, en profitant de sa somnolence ou l'induisant intentionnellement : le droguer pour le mettre dans leur lit, le filmer pendant qu'il dormait, faire un moule de son sexe au moyen d'une substance plâtreuse avec son corps endormi par les somnifères et un puissant Viagra administré, l'envoûter avec du Vaudou pour qu'il reste à tout jamais avec elles...

"Enzo, j'attendris ton cœur comme fond cette bougie, car au moment même où cette cire coule, alors ton amour s'embrase pour moi.

Enzo, j'attendris ton cœur comme fond cette bougie, car au moment même où cette cire coule, alors ton amour s'embrase pour moi.

Enzo j'attendris ton cœur comme fond cette bougie, car au moment même où cette cire coule, alors ton amour s'embrase pour moi.

Enzo, j'attendris ton cœur comme fond cette bougie, et par cet écoulement, ton amour pour moi apparaît."

Dieu se rappelait, à ce sujet, que dans l'Antiquité, les femmes prises d'anxiété, changements d'humeur et autres sentiments dépressifs, consultaient leur médecin qui diagnostiquait de l'hystérie. Le traitement consistait en un message pelvien, afin d'atteindre le paroxysme hystérique, nommé actuellement "orgasme". La quantité de femmes en consultation était tellement astronomique que les médecins, en fin de journée finissaient épuisés et avec leurs mains pleines de courbatures. C'est pourquoi ils inventèrent un artéfact qui produisait des vibrations rythmiques : le gode ! Les femmes les plus riches pouvaient même s'offrir cet ustensile à usage personnel pour faire taire leur hystérie.

Enzo ressortait groggy de toutes ces fornications accompagnées de manigances hystériques et petit à petit, il abandonna le libertinage. Non sans mal, parce que certaines étaient prêtes à tout. Il sembla cependant, que la toute dernière, Evora, une belle trentenaire aux yeux marrons, cheveux lisses et bruns, n'était pas prête à le dévorer, comme les autres mantes religieuses aux prénoms finissant par A. Elle l'aimait bien, mais surtout voyait en lui beaucoup plus qu'un simple corps et des yeux vitreux du chat de Shrek voulant amadouer son audience. Enzo était d'une extrême intelligence et Evora ferait tout pour qu'il puisse déployer ses dons sur Terre.

À 30 ans et quelques jours, son destin changea radicalement et forgea non seulement le physique mais aussi la personnalité de cet individu. Une terrible épidémie d'Ébola commençait à décimer la population de l'Ouest de l'Afrique. Enzo changea Evora par

Ébola. Elle accepta cette tromperie, parce qu'elle savait qu'il était l'homme destiné à sauver la situation sanitaire de ces contrées lointaines. Cela ne faisait que quelques semaines qu'ils étaient ensemble. Toutefois, Evora était prête à l'attendre.

Direction l'Afrique subsaharienne pour notre première incursion dans le monde des virus ! Ébola apparut en 1976 dans deux souches distinctes, une au Soudan et une autre, en République Démocratique du Congo, ancienne Zaïre. Son nom vient de la rivière Ébola située dans ce dernier pays. Pour la petite histoire, ce cours d'eau s'appelait Legbala signifiant "Eau blanche" et un colonisateur belge le transforma en Ébola. "Ils foutent vraiment le nez partout ces blancs !" s'exprima Dieu. Il se ravisa de suite, en disant qu'après tout, la musique pop naquit dans une ancienne colonie britannique… Il espérait que cela ne viendrait pas aux oreilles de Jeanne Alyse ou Serge Karamazov, ses psychiatres. *Revenons-en à notre virus de la famille des Filoviridae.* "Il est hyper moche Ébola, les boules !" s'écria Dieu, lorsqu'il le vit se balader dans son microscope relié à son télescope géant, dans l'objectif d'obtenir une vision miniature de cet organisme infinitésimal, depuis le Ciel jusqu'à la Terre.

Et effectivement, ce virus à ARN *(Acide Ribonucléique, à partir de 2020, vous comprendrez, puisque vous ferez tous vos propres recherches dans vos toilettes !)* était très laid physiquement, et ce qu'il provoquait chez ses hôtes était particulièrement vilain. Il déclenchait une montée de fièvre, en général après quatre à neuf jours d'incubation, puis provoquait des hémorragies internes et externes. "C'est comme si tous les trous avaient leurs règles" pensa niaisement Dieu. Ensuite, sa réflexion saugrenue se translata vers le clip de Michael Jackson "Thriller" qui terrorisa tant les enfants et préadolescents de cette époque, incluant Enzo. Voir les zombies sortir de leur motte de terre dans le cimetière et entourer notre couple de héros… Grrr ! Auparavant, Michael Jackson, vêtu d'un cuir rouge peu reluisant, pas comme celui de Britney Spears dans "Oops I did it again", essayait, quand même de foutre la trouille à sa compagne aux cheveux frisés et ressemblant presque, trait pour trait, à Michael Jackson. Donc, le Michael Jackson encore masculin à cette époque exerçait sur Michelle Jacksonne un harcèlement qui serait bien dénonciable, dans la fin des années 2010, en correspondance avec le mouvement #BalanceTonPorc ou #MeToo. Et après, ils se convertissaient en zombies, tout plein de sang partout, comme s'ils avaient la fièvre Ébola. *Trêves de plaisanteries !* Le germe filamenteux se transmettait par les fluides corporels et avait une force de contagion incroyable. Enfin, il avait une mortalité très élevée, entre 50% et 90%, selon la souche concernée.

Enzo fut donc envoyé au premier pays touché par cette épidémie début avril 2014, en Guinée Conakry, un mois après que l'épidémie fut décrite comme incontrôlable. Il arriva sur le tarmac de l'aéroport et déjà, un vent dense oppressa son visage de chérubin bad boy. L'air africain avait ces caractéristiques de chaleur, effectuant une certaine poussée sur la surface du visage et donnant définitivement crédit à la loi de Gay-Lussac, qui formulait la relation entre la montée de la température et celle de la pression d'un gaz. Était-ce aussi l'humidité ? Les européens ressentaient bien souvent, dès leur arrivée dans ces latitudes, que le climat africain ne devait pas être clément, surtout pour ces blancs-becs. Autre sensation immédiate, c'était l'odeur. L'atmosphère ne donnait pas l'impression d'un souci particulier de préservation de l'environnement, bien au contraire. Enzo en fut à peine dérangé, car il savait que ces terres lointaines ne bénéficiaient pas du même sort historique et économique que l'Europe. *Tu as à peine de quoi survivre, tu manges ta barre de céréales, ben tu jettes l'emballage où tu veux !* Lorsqu'Enzo entra dans le taxi avec la porte droite arrière toute détruite et ne se fermant quasiment pas, il pensa immédiatement à la bonne sœur dans "Le gendarme de Saint-Tropez" avec la 2CV bleue qui finissait en miettes, lors d'une course poursuite, la pauvre femme se retrouvant simplement avec les deux places avant, les deux roues avant et le moteur dégarni. Cela roulait tout de même ! Enzo fut surpris de cette association d'idées avec le film de Louis de Funès, qu'il affectionnait particulièrement : Dieu lui lança un clin d'œil, depuis le nuage radioactif de Tchernobyl, qu'il venait de recréer sur Ciel en élargissant par million les particules radioactives afin de les distinguer. Il en vint à la conclusion que oui, la radioactivité traversa la frontière de la Russie, mais aussi celles des pays européens de l'ouest en 1986.

L'admiration du paysage par Enzo, déduisait une nature verdoyante, ainsi que de nuages gris épais. Il s'attendait à voir un soleil infernal tous les jours, ce n'était pas tout le temps le cas. Alors que la végétation paraissait plutôt abondante mais laissant l'espace approprié pour que ses "homologues" puissent croître, les humains avaient l'air de s'entasser les uns sur les autres dans des bidonvilles ou des marchés improvisés. Enzo imagina l'ampleur de la catastrophe épidémiologique à laquelle il allait se confronter. La chauve-souris, a priori vecteur de la maladie à fièvre hémorragique, se serait faufilée dans la vie domestique, qui réalisait une coercition démentielle sur l'écosystème de caractère sauvage.

Le jeune homme arriva épuisé à son hôtel de luxe, qui constituait une incongruité africaine induite par les européens. En Europe, les blancs inventèrent la ghettoïsation des noirs, dans les banlieues périphériques des grandes villes. En Afrique, les blancs se ségréguaient eux-mêmes, ceci dit, dans des résidences de quatre à cinq étoiles, à l'intérieur des grandes villes. Hautes barrières, poutre à levier et même militaires munis de mitraillettes veillant à ce que cet "apartheid" fonctionne bien. Cette constatation attrista Enzo. Après son ingestion de médicament contre la malaria, il s'endormit comme une masse.

Le Messie prit ses fonctions chez Médecins Sans Frontières, dès le lendemain. Il se rendit dans une espèce d'installation archaïque, qui ressemblerait à un camp de réfugiés avec des grandes tentes accrochées au sol de terre battue, telle la piste de tennis de Roland Garros. Ses équipements de protection individuelle étaient composés de lunettes de protection, d'un masque facial, d'une combinaison jaune, d'un tablier en plastique, de bottes en caoutchouc et de deux paires de gants. Il avait l'apparence de Bruce Willis dans "Armageddon" habillé d'un scaphandre de fortune. Il ne se sentait pas en sécurité de par la forme de contagion du virus Ébola, par contact des fluides corporels. Il suait des perles, lui qui pourtant ne transpirait pas exagérément, en temps normal. C'était sans nulle doute attribué à une situation totalement nouvelle et dans un contexte totalement différent à sa routine. Enzo devait montrer de quel bois il se chauffait. *Bon disons que là, il valait mieux qu'il ne s'échauffe pas de trop !* Il devait essayer de congeler l'avancée de ce virus si mortifère, plutôt. Il en vit des cas aux symptômes très variés, allant d'une simple fièvre quasiment bénigne à des hémorragies sous-conjonctivales, des saignements de la bouche, de l'anus... Il arrivait exténué chaque jour, à son hôtel. Les premiers jours furent particulièrement durs, les derniers le furent, mais plus par la fatigue gagnant le corps et l'esprit, la routine ayant déjà limé l'approche émotionnelle face à cette maladie.

Au niveau social, ce fut d'abord surprenant, puisque les populations locales tentaient de rationaliser cette situation sanitaire ubuesque par le biais de leurs croyances irrationnelles. Néanmoins, cela devenait très dangereux dans l'essai de maîtriser l'épidémie. En effet, les cas d'Ébola qui apparurent furent attribués à ce terme du dialecte guinéen : "Fossi". Les premiers cas de morts, arrivés dans une même famille, furent expliqués comme une malédiction ou une punition, suite à des histoires de vols de biens de consommation, engendrés par les membres de ce clan. Cela touchait aussi les affaires d'adultère. Un infirmier stagiaire local fut condamné au "fossi" d'Ébola du fait qu'il avait engrossé une fille d'un village, puis une autre et ensuite, il avait pris la poudre d'escampette dans le but de retourner à son village natal. Effectivement, par instinct de survie, les patients affectés par Ébola cherchaient à se sentir en sécurité en regagnant leur maison, mais cela s'interpréta comme un signe manifeste de "fossi", cette dérobade au sort jeté sur eux. Tout ceci, à cause des fautes qu'ils avaient dû commettre. Ces exemples nous enseignaient qu'Ébola était interprété par les communautés, en tenant compte de l'univers de sens et émotion qui faisait partie de leur quotidien. Le déni de la maladie ou la réticence à recevoir des soins n'étaient autre qu'un signe manifeste du mal-être des populations par rapport à cette situation paranormale. Enzo trouvait tout ceci passionnant au premier abord et il fit le parallèle avec le krach boursier de 1929, qui facilita, sans nul doute, l'arrivée d'Adolf Hitler à la tête du gouvernement en Allemagne. "Wouf ! Ne me parle pas de cette petite bite, fiston !" comme Dieu aimait appeler ce déchet humain qu'il connaissait malheureusement que trop bien, de par ses sessions d'hypnose "Vis ma Vie : Hitler".

Ce qui n'arrangea en rien la situation, ce fut la communication très inefficace entre "l'agent de santé blanc et le malade noir". Les questions des villageois locaux fusaient :

"Pourquoi tout malade emmené au Centre de Traitement mourait ?" Et les réponses furent fournies, certaines pour le moins rocambolesques, en correspondance avec ce mélange des "races" peu habituel. "Ils mettent les patients dans des sacs vivants et ils les achèvent en les asphyxiant." "Ils extraient des parties du corps. Souvent, le corps n'étant plus entier, ils le remplacent par une poupée." "Les maisons sont pulvérisées avec ce poison appelé Ébola, pour qu'ils nous exterminent." "Ils l'ont déjà fait auparavant, que veulent-ils de nous maintenant, ces charognards ?" "Et que dire de leur mode opératoire ? Séparer le soi-disant malade de son environnement familial pour sa prise en charge…" "Et l'enterrement alors ? Une mise en bière sécurisée à l'eau de Javel, au lieu que ce soit la propre famille qui s'occupe traditionnellement du lavage du corps ? Ses habits souillés totalement détruits non redistribués aux familles ? Ils se débarrassent des indices de leur rapt ou assassinat, ces mécréants !"

Toutes ces élucubrations étaient réellement riches, socialement parlant, révélant la volonté de la population de retrouver la situation d'antan, sans ce virus et sans ces blancs colonisateurs !

Cette situation de défiance explosive amena fatidiquement à un massacre, celui de Womey, à la mi-septembre 2014. Une équipe composée de professionnels de santé, de journalistes et de représentants du gouvernement guinéen fut attaquée par des habitants de Womey, dans le sud-ouest de la Guinée, et huit de ses membres furent exécutés. Le groupe venait sensibiliser la population locale à la lutte contre le virus Ébola. Depuis lors, la crise sanitaire fut déclarée aussi crise sécuritaire.

Enzo prit peur oui, parce qu'il en avait eu à faire avec ces ignorants. Cependant, il ne pouvait en aucun cas les juger, car leur éducation, leurs traditions et coutumes, ne pouvaient assimiler une épidémie de cet ordre-là. Il s'arma de courage pour mener à bien son destin. Il vit beaucoup de gens trépasser, il vit certains miracles, ce qui lui redonnait une "pêche" transitoire et il connut une femme guinéenne, en juillet 2014, qui lui donna une "gaule" définitive, comme s'il était tombé dans une soupe de Viagra, façon Obélix avec sa potion magique. "Tiens, une autre association d'idées des plus bizarres..." pensa-t-il. Elle se présenta à lui, cette Cléopâtre d'ébène. "Je suis Linda Diallo". Enzo ne s'attendait en rien à un prénom de ce style. Mais oui, elle était plus que "linda", plus que charmante effectivement, cette jeune femme de 25 ans. Même visiblement atteinte d'hyperthermie par la maladie, il la devinait splendide. C'était une Africaine typique avec une masse de cheveux noirs épais, une bouche pulpeuse et un fessier rond et rebondi. Une déesse surnaturelle, de par ses traits lisses permettant de scruter une anatomie mince, rehaussée par des seins qu'Enzo devinait en forme de poire et des yeux verts gris, semblait-il. Sous certains angles, il croyait se voir dans un miroir, en changeant la saturation de la peau. "Je te mangerais !" pensa-t-il immédiatement. Autant dire qu'il la chouchouta. Parce qu'en plus de ce physique avantageux, elle était d'une infinie reconnaissance envers son médecin sexy blanc. Puis, même si elle était toujours humble, elle sentait que le regard de son George Clooney des urgences réverbérait ses propres émotions. Linda était chrétienne, comme peu de personnes ne l'étaient en Guinée Conakry, puisque la prédominance était musulmane. Cela dit, les différentes religions coexistaient sans grands heurts entre elles.

Les jours fériés de ce pays comportaient des dates clés pour les religions musulmane et chrétienne. Ainsi, parmi ses jours festifs, se retrouvaient : la naissance du Prophète Mahomet, Pâques, Eid al-Fitr et Noël, entre autres. En parlant religion, alors qu'Enzo achevait sa fièvre d'Ébola et non sa fièvre envers lui, elle lui demanda : "Es-tu croyant ?" Ce à quoi, il répondit : "Non, disons que ma foi réside dans la confiance en l'autre être humain, en toi par exemple !" "Quel bâtard, il ne croit pas en son père !" réagit Dieu, depuis le haut du toboggan de nuages installés sur la réplique des lacs de Plitvice, en Croatie. Il se ravisa : "Tu as tout compris de ma façon de voir la religion !", en repensant à son Messie favori dans le passé, Darwin qui lui, oui était catholique, mais n'avait avalé "la pilule" qu'à moitié. La phrase d'Enzo résonna en Linda et celle-ci tomba définitivement amoureuse. La flèche d'Ébola avait traversé son corps depuis déjà deux semaines. En revanche, celle de Cupidon traversa son cœur de façon beaucoup plus intense au moment même de la formulation d'Enzo, "en toi par exemple". Et elle sut à cet instant qu'elle ferait partie des miraculés, des rescapés de cette fichue épidémie. Elle guérissait complètement deux semaines plus tard, puis un mois après, elle se présenta à l'hôtel sans combinaison de cosmonaute, pour gratifier son médecin ténébreux. Enzo fut tout remué de l'annonce de sa venue par la réception de l'hôtel. Il s'arrangea rapidement et mit une chemise à carreaux verts et noirs qui lui seyait particulièrement, en renforçant la teinte verte de ses yeux. Linda arriva à sa porte et prise de nerfs, elle le remercia, tremblante, en lui offrant une autre chemise à carreaux bleus et rouges. Il la mit devant elle et elle put alors contempler son corps sculptural. Il s'observa rapidement dans le miroir, satisfait, se retourna vers elle, encore dans le couloir et arriva à ses abords. "J'ai aussi un cadeau pour toi Linda, le veux-tu ?" Après son acceptation, il l'empoigna fort et l'embrassa tendrement. La sensation en fut foudroyante, une griotte fondante dans le chocolat fruité "Mon chéri", comme Enzo aimait tant. Il l'amena doucement vers le lit. Néanmoins, elle objecta avec un air éhonté "Enzo, je suis vierge...". Il répondit muet à cette révélation par de tendres caresses, qui durèrent ce jour-ci, près de trois heures. Le plus bel acte d'amour était souvent fait dans la douceur des gestes, après tout.

Linda et Enzo, ce fut un amour pur. La vierge et son amant arrivèrent ensemble au lit de l'hôtel, trois jours après leur premier baiser. Leur mélange constitua un délice inconscient certes, car sans protection, mais aussi une fusion qui sublimait la vile besogne de la perforation de l'hymen. Bien sûr, ils avaient déjà deviné leurs corps respectifs, les trois jours auparavant. Les étreintes chaleureuses avaient laissé de moins en moins de place à l'imagination. Enzo avait senti ses seins, lorsqu'elle s'était pressée contre lui. Elle aurait des mamelons avec un galbe de la partie supérieure invitant à lécher jusqu'aux tétons pointus. Linda avait senti son pénis dur, lorsqu'il s'était pressé contre elle. Il aurait un pénis bien fourni, sûrement un peu plus que la normale des blancs, en longueur et tout à fait correct en largeur, même si elle ne s'était jamais "confrontée" à ces engins de pénétration, donc la comparaison n'était de toute façon pas permise. À cette occasion déjà concertée lors des précédents rendez-vous, tous les détails étaient prévus : l'ambiance romantique avec un MP3 regroupant les plus belles ballades dans l'ordinateur, beaucoup de bougies sur le sol renvoyant aux flammes incandescentes de l'acte en lui-même. Ils s'embrassèrent sans arrêt jusqu'à arriver à la chambre d'hôtel de Enzo. Les deux en avaient le souffle entrecoupé et surtout elle, lorsque Enzo s'attela à lui enlever son chemisier léger, dernière couche avant le Saint Graal. Non, avant-dernière, n'oublions pas l'accroche-seins ! Oui, Enzo n'en trouvait plus le vocabulaire approprié. Il voulait ôter cet accroche-seins et ce cache-sexe *(!)* en dentelle. Le soutien-gorge était la partie la plus compliquée. Cependant, il avait acquis une dextérité hors pair en Espagne. Tout de même, la fougue rajoutée à l'adrénaline, lui faisaient avoir un Parkinson à la Michael J. Fox. Mais lorsque les deux objets, cibles de son désir tactile, se libérèrent, il recula de quelques centimètres afin de les observer. C'étaient deux poires aux arrondis généreux, deux fruits défendus qui auraient fait leur croissance par le moyen de pesticides et donc, aucune bête n'était venue altérer leur intégrité, qu'elle se range dans la catégorie des insectes ou dans ce cas précis, des autres mâles. Linda se sentit légèrement honteuse devant ce déballage et le jugement, même ponctuel, de son amant. Les yeux adoucis de nouveau, teintés d'un vert chaleureux, se métamorphosèrent à l'instant d'après, en un regard de lynx magnétique, rehaussé par les flammes des bougies aux reflets rouges, à travers les récipients de cristal où elles étaient entreposées. Le prédateur était là et Linda voulait s'accoupler avec lui. Il toucha ses seins d'une finesse infinie par le biais de ses doigts, puis descendit avec ses mains entières en latéral, dans le but de soupeser ces formes parfaites. Il se baissa pour les humecter du bout de la langue et n'en pouvant plus, il lui lécha toute la peau supérieure, jusqu'à redescendre au niveau de ses tétons qui pointaient. De quelle couleur étaient-ils ? Avec la lumière rouge, c'était un délice stendhalien, "un rouge et noir" parfaitement entremêlés. Pour lui, comme pour elle, qui inclinait sa tête en arrière, de par l'intense plaisir provoqué. Linda fit de même que lui, d'abord, lui enlever cette chemise à carreaux rouges et verts pour y découvrir un torse sans poil d'une extrême douceur en surface, d'une extrême dureté par son contenu, comme se présentait devant elle un vrai homme. Elle lui lécha son torse et elle peinait à croire que le corps d'un homme puisse être si exquis. Elle lui déboutonna le jeans délavé et lui arracha quasiment son caleçon. Elle ne voulait pas douter un instant pour que la virginité ne reprenne pas le dessus sur son état nerveux. Elle y découvrit cette tige longiligne avec son gland décalotté et elle pensa de façon saugrenue que la géométrie servait à cela, à créer des cylindres surmontés d'une demi-sphère dans un souci d'esthétisme. Étonnante régularité de son sexe et ce demi-cercle suspendu au bout. Elle l'empoigna et fit quelques mouvements indélicats avec sa main droite. Se sachant débutante dans le malaxage de bites, elle pensa que la fellation aurait plus d'effets garantis. Elle trempa le gland avec sa langue et Enzo intensifia la respiration. Elle goba le gland avec sa bouche et Enzo intensifia la respiration, derechef. Il se laissa plonger dans un océan de volupté et guider par les terminaisons nerveuses qui affleuraient. Celles-ci recevaient un fluide transparent de préparation à la digestion, et elles répondaient par un fluide plus mousseux de préparation à la pénétration. Enzo voulait lui rendre la pareille. Il porta Linda et la jeta délicatement contre le lit. Il lui enleva sa culotte et vit des contours exubérants : un petit duvet recouvrait une mansarde à l'architecture de Gaudi. Les bâtisses extérieures esquissaient des lignes courbes, qui rappelaient les formes des baies vitrées de la Casa Batllo à Barcelone. Enzo avait visité cette ville maintes fois, il pénétrerait ce même jour son surréalisme. Mais tout d'abord, il y passa la langue. Cela fourmillait de partout et il semblait qu'il pouvait toujours atteindre une nouvelle muqueuse dans cette cavité, s'il s'introduisait plus profondément. Il n'y tint plus et voulut savoir la sensation que cela provoquait à son membre inférieur. Les jambes écartées, bien offerte, Linda vit comment le sexe de son homme commençait à frotter délicieusement son trou. Elle devinait des flots d'excitation de sa part, dont l'intention était d'étayer la performance sur scène. Enzo jouait avec son gland et lui fit écho au moyen de filets de pré-séminal, aussi solidaires dans la réalisation de l'acte. Puis il l'introduisit petit à petit. Chaque millimètre était une conquête pour lui, une transcendance pour elle. Il sentit comme l'intérieur se ramollissait, telle la façade fondante de la cathédrale Sagrada Familia, encore une fois à Barcelone. Enzo s'inquiétait de savoir si sa promise avait mal. Elle lui somma de continuer, ce qu'il exécuta sans plus attendre. Ce frottement si délicieux, cette malléabilité des parois, cet abri sans fond ! Linda et Enzo firent l'amour, comme jamais ils n'auraient imaginé que cela puisse être. La juxtaposition des couleurs, bras noir sur corps blanc et bras blanc sur corps noir, rajoutait une dimension presque métaphysique au contenu sensoriel. Malgré leur humilité réciproque, les deux pensèrent qu'ils étaient en train d'accomplir, eux seuls au monde, l'acte le plus noble et parfait d'amour. Après une dizaine de minutes, Enzo se gorgea de sang, Linda en gémit à son oreille. Il se releva légèrement en vue de caresser ses seins et lui injecta son sperme dans le plus profond du vagin. Les à-coups étaient sauvages, des dizaines de jets rebondissaient sur la cloison de Linda et relubrifiaient le membre d'Enzo, entièrement beurré du mélange des fluides. Finalement, ils restèrent quelques minutes de plus à profiter du reste de l'érection d'Enzo dans des embrassades langoureuses. Et aussi, former ce prisme triangulaire magistral entre leurs yeux verts aux nuances désormais grises de nostalgie, de l'imbrication cylindrique survenue entre leurs sexes, rouges de passion et de l'hymen amoureusement détruit.

Dieu en eut une érection venant de la queue fournie par son enveloppe corporelle humaine, en face de ce porno interracial. "Oh mais dis donc ! Détourne les yeux, c'est presque ton fils sur Terre que tu regardes là !" se ravisa-t-il. Cependant, il se sentit satisfait, puisque la vision de 2020 de Enzo était au côté d'une femme à la couleur de peau noire. Oui, le Messie était en train d'embrasser son destin.

Et ben non, Dieu. Cela ne se déroula pas comme tu avais prévu ! interrompit le narrateur omniscient, soudainement. Parce qu'Enzo ressentait qu'il ne pouvait pas l'arracher de sa Guinée natale. De plus, les quelques mauvaises expériences sexuelles en Espagne avec des partenaires totalement déséquilibrées pour la plupart et déséquilibré pour un, le faisaient penser qu'il n'était pas prêt à sauter le pas. Puis, dans un coin de sa tête, très enfoui, se situait Evora qui l'attendait impatiemment… Le retour en Espagne n'était pas pour tout de suite, de toute façon, donc à quoi bon se prendre la tête par anticipation ? *Erreur !* intervint de nouveau le narrateur omniscient. En août 2014, un missionnaire espagnol, Miguel Pajares, contracta la maladie d'Ébola lors de son volontariat au Liberia. Il fut évacué vers l'Espagne et mourut six jours plus tard. En septembre, rebelote avec un autre directeur médical et religieux Manuel Gutiérrez Viejo, qui décéda quatre jours après. *Jusqu'ici, tout allait bien,* si le narrateur omniscient pouvait se permettre cet abus de langage. Le 6 octobre 2014, l'infirmière de l'hôpital Carlos III à Madrid, María Teresa Romero Ramos, qui prit en charge Manuel Gutiérrez Viejo, fut testée positive, après avoir senti des symptômes. *Ça se corsait…*

L'Espagne contacta alors Enzo et le supplia de rentrer à Madrid pour endiguer ce fléau, avant que cette épidémie, qui ne concernait que trois pays d'Afrique de l'Ouest dont l'Europe se contrefichait clairement, ne se transforme en épidémie, dans un pays européen, situation extrêmement plus inquiétante pour tous les occidentaux régissant le monde. Le départ était prévu le lendemain, le 7 octobre. À l'arrivée à son hôtel, ce fut Linda qui déclara très fermement qu'Enzo devait retourner en Espagne accomplir le même labeur irréprochable qu'en Guinée Conakry. Leurs adieux furent complètement déchirants. Leurs amours étaient parfaitement fusionnels. Leurs larmes furent totalement sincères de plaisir au lit et d'émotion dans la contemplation, alors que le sablier s'écoulait grain par grain, signifiant l'approche de l'issue fatale. Linda en fut extrêmement peinée et elle savait qu'elle perdait là son âme sœur. Cette sensation que beaucoup d'êtres éprouvaient dans leur propre chair, de façon totalement erronée, et que le sablier, plus grand certes, arriverait finalement à effacer les aspérités de la douleur. Elle, elle savait pertinemment que dans son cas, alors qu'Enzo rentrait dans son avion tel un Tom Cruise dans "Top Gun" acceptant sa mission pour sauver la planète, elle vivrait son énorme peine esseulée et en silence. Ceci dit, elle remerciait Dieu *(!)* de l'avoir choisie comme l'heureuse élue du cœur d'Enzo et ce, pendant un peu plus de deux mois. Elle comptait sur lui pour affronter cette terrible épreuve. *Si elle savait…*

Quant à *ce bougre* de Dieu, il se retrouva perplexe à nouveau. Lorsqu'il avait fait avance rapide jusqu'en 2020, Enzo était accompagné de Linda, en Espagne, avec un enfant même, conçu assez tôt. Soudainement, il comprit que c'était le rehausseur de beauté "Maybelline" qu'il utilisa sur Enzo et qui expliqua sûrement que celui-ci écoute sa raison, plutôt que son cœur, de par la façon dont il avait pu être utilisé par certaines femmes, en Espagne. Cependant, Dieu ne voulut pas regarder le nouveau scénario réservé à l'année 2020, parce que, d'une part, il était de nouveau en Espagne, pays où il devait être justement pendant la période du coronavirus, et d'autre part, il serait encore plus concentré dans sa recherche de vaccin sans la compagnie de Linda à ses côtés. Finalement, Dieu savait que, par ses nombreuses interventions sur la planète Terre, il était à la limite du jugement du Tribunal Divin pour infractions répétées au CDD, Code de Déontologie Divine.

Enzo prodigua les soins à la patiente numéro un de transmission européenne d'Ébola. L'infirmière commença un traitement par l'intermédiaire d'anticorps d'autres infectés. C'était un sérum hyperimmun d'un donneur anonyme qui avait contracté la maladie et généré donc, des défenses. Elle reçut également du *favipiravir antiviral (Répétez-le dix fois de suite et de plus en plus rapidement, s'il vous plaît !)*, un médicament qui était encore en phase expérimentale, sous l'ordre des médecins incluant Enzo. Dans les jours suivants, jusqu'à vingt-et-une personnes qui avaient été en contact avec l'auxiliaire médicale entraient alors à l'hôpital Carlos III pour un suivi rigoureux de leurs constantes. Apparut alors une victime collatérale de cette affaire : il s'agissait du chien de María Teresa Romero, Excálibur, étant donné le risque qu'il ait pu être infecté. Le propre mari du patient, Javier Limón, alerta que les autorités voulaient tuer son Amercian Stafford Terrier, et une vague de solidarité avec l'animal se répandit sur les réseaux sociaux. Le transfert du corps du chien dans une camionnette scellée fit même trois militants blessés, l'un d'eux gravement, après s'être fracassé la tête contre le trottoir, lorsque les centaines de personnes rassemblées devant la maison avaient brisé le cordon de police et tenté d'arrêter le véhicule. Entre le 9 et le 15 octobre, María Teresa Romero vécut des jours critiques, puisqu'elle souffrit un œdème pulmonaire, sans besoin d'intubation, cela dit. Le 15 octobre, la crise commença à devenir politique, puisque la ministre de la Santé, Ana Mato, du Partido Popular, parti de droite alors en place au gouvernement, apparut devant la Commission de Santé du Congrès des Députés. Elle ne fit pas mention du fait que l'auxiliaire se serait contaminée en se touchant le visage avec un gant imprégné du virus. À partir du 16 octobre, la charge virale de l'infirmière commença à diminuer jusqu'à devenir indétectable. Le 1er novembre, elle sortit enfin de l'hôpital Carlos III, saine et sauve. Et heureusement par la suite, aucun cas ne fut déclaré, ni même parmi l'entourage de María Teresa Romero.

"Et maintenant que fais-je ?" se demanda Enzo. Un mois quasiment en Espagne de nouveau avec une pression médicale, autre que celle en Guinée Conakry, mais aussi une certaine exposition médiatique à laquelle il n'était pas habitué. "Et Linda, comment allait-elle ? Voudrait-elle me revoir ? Dois-je y retourner ?" s'interrogea-t-il et Dieu s'imagina Enzo comme si celui-ci tournait le dos au miroir qu'il était en train de regarder et faisait face à la caméra, à la manière des soap operas tels que "Les Feux de l'Amour", où les acteurs parlaient en s'opposant à leurs interlocuteurs. Enzo revit aussi Evora, les derniers jours après qu'Ébola avait disparu de la péninsule ibérique. Elle avait su qu'il avait été infidèle. Il le lui avait annoncé par téléphone, depuis la Guinée. Elle ne lui en voulait pas. Cependant, il était vrai que cet Enzo paraissait dorénavant un aventurier, un Indiana Jones revenant de "sa dernière croisade". C'était un Harrison Ford qui vécut des situations très difficiles et le marqua dans ses traits, un petit coup de vieillesse, mais aussi de sagesse qui le rendirent tout simplement irrésistible. Il se consola donc dans ses bras, remarquant l'amour qu'elle lui proférait, même s'il avait goûté à une autre femme. Et puis, il était devenu un court instant une star du petit écran. Evora tomba folle amoureuse et sans réticences, compromettant grandement le retour d'Enzo en Afrique. Oh, il pensait souvent à Linda ! Néanmoins, il conclut son introspection douloureuse par l'évidence de la grande différence de culture qui, finalement, n'aurait fait que de les séparer à la longue.

4. ENZO EN 2020

Entre 2015 et 2020, Enzo continua tranquillement ses recherches en épidémiologie de tous types d'agents infectieux, plus ou moins virulents. Ébola s'éteignit en Afrique en 2016, comme toutes les souches, fallait-il croire. La crise sanitaire d'Ébola fit place à la crise humanitaire provoquée par Daech et ses nombreux attentats européens. Enzo n'arrivait pas à croire que l'homme puisse s'entretuer et il se réfugia auprès de ses virus de laboratoire. Il semblerait que ne pas pouvoir les voir à l'œil nu les rendait quasiment inoffensifs, mais il savait que c'était une période de latence avant qu'un autre poulet refile sa grippe aviaire ou bien une chauve-souris refile son Ébola, quelque chose comme ça. *Pourquoi pas un pangolin, tant qu'on y était !*

Enzo bénéficia d'une certaine quiétude durant ces années. Evora semblait pleine d'attention envers lui et il lui en était reconnaissant. Il voulait échapper aux hystéries féminines. Evora n'était pas comme les autres. Elle n'était pas assujettie à des crises hormonales et le jeune homme se sentait en confort, même s'il était conscient que ce n'était pas Linda. Il savait aussi pertinemment que les comparaisons étaient odieuses en amour. Donc, Enzo écouta son cerveau plus que son cœur, il admira ses virus dans des boîtes de plexiglas plus que sa promise, qui elle, était de toute façon encore bien accrochée à ses parents. Comme beaucoup d'Espagnols, couper le cordon ombilical était difficile, face à une situation de travail qui se remettait à peine de la crise financière de 2008 et face aussi à une présence écrasante de la mère de celle-ci, surtout. Pourtant, le Messie était apprécié de la mère d'Evora. Celle-ci était aux pieds de ce bellâtre et de cet extraordinaire "coco" ("Tener mucho coco" traduit littéralement par "Avoir beaucoup de coco" est une expression espagnole pour signifier vulgairement "Être très intelligent"). Cependant, voir la "petite" partir définitivement du bercail n'était pas à l'ordre du jour et la mère d'Evora usait de ses atouts de grande cheffe en alternant des plats de lentilles en hiver et des macédoines de légumes à la mayonnaise (des "ensaladillas rusas" ou "petites salades russes" traduit en français littéralement) en été, afin de s'assurer qu'elle ne puisse s'échapper. À vrai dire, tout le monde trouvait son compte dans cette situation. Les parents d'Evora avec Evora, Evora avec les plats de sa mère à la maison et les parties de jambe en l'air torrides chez son homme, et Enzo avec ses organismes microscopiques.

La situation ne changea que très peu… jusqu'au 1er décembre 2019. Enzo était informé par son travail de la naissance d'un nouveau virus mystérieux, en Chine centrale, où un premier cas avait été détecté. Ce virus nommé 2019n-CoV serait apparu dans un marché de gros de Wuhan, dans la province de Hubei, où des animaux sauvages étaient entreposés et vendus. Cela fit "clic" dans sa tête : des chinois "dégueulasses" – *Comment ce mot-là lui arrivait en tête ?* – au milieu de bêtes sauvages et où un énigmatique virus pointait le bout de son nez… Les conditions étaient réunies pour un cocktail explosif. "Si tu savais…" pouffa Dieu dans sa Cloudmobile. Cependant, la Chine restait très opaque dans ses communications à ce sujet. Il semblait que cela soit une mauvaise grippe qui s'y propageait, avec un certain pouvoir de contagion non négligeable, ceci dit. Pendant ce temps-là, l'OMS appelait la population mondiale au calme.

De jour, Enzo était préoccupé par l'ampleur que prenait le virus et de nuit, c'était tout aussi difficile. Il avait un cauchemar récurrent où une espèce d'être invisible, transparent comme celui dans le film "Abyss" se trouvait littéralement en arrière-plan de sa vie, guettant tous ses faits et gestes.

Heureusement une visite, assez récurrente ces années, détourna la totale attention d'Enzo sur ces virus et entité transparents qui commençaient à hanter sa vie, sept jours sur sept, vingt-quatre heures sur vingt-quatre. En effet, sa chère maman, Sylvie, vint lui rendre visite, du fait que cette année-là, ni Noël (ni l'anniversaire

d'Enzo donc), ni le premier de l'An ne purent se célébrer en famille en France. Il s'était dédié entièrement à la famille d'Evora,
lors des fêtes. À charge de revanche !

Pas grave, elle était là avec son fils, dans son ancien terrain de
jeu madrilène ! Quel pied ! Enzo vint la chercher à l'aéroport
et il lui trouva une petite mine, un peu plus mince que lors de
l'été de rêve passé à l'île paradisiaque de Minorque. "Ben quoi
Enzo, ta mère commence à se faire vieille ! J'ai bientôt 70 ans,
mon poussin !" Oui c'était vrai, mais il la voyait toujours tellement pétillante, sa maman. La constatation inéluctable de la
progressive décrépitude de ses parents était cruelle à ses yeux.
"Tu as aussi une sale gueule toi, je te ferais dire ! Allez arrête de
faire ton chouineur, je veux revivre la Movida madrileña avec
toi ! Je suis célibataire !" ria-t-elle aux éclats. Víctor était resté à
Toulouse, car il était en plein dans un projet important avec des
dates de dépôt du dossier très restreintes. Sylvie retrouva ses amis
de l'époque, Lidia et Sebastián, qui avaient formé une famille
en donnant naissance *(il y a longtemps !)* à José et Jacobo Daltón.
Passage obligé, bien sûr, le bar de Malasaña "Vía Lactea", grande
scène de cette époque dorée. Sylvie, en compagnie de ses deux
anciens camarades de jeu, raconta à Enzo beaucoup d'anecdotes
sur le sujet, mêlant alcool, drogues, son père, et le fils dut des
fois l'interrompre "Stop, je ne veux pas savoir !" Et il se rendit
compte à quel point sa mère, ancienne philosophe, possédait une
pensée libérale. Il l'admirait.

Lors d'une pause entre deux visites de musées aux "100 Montaditos"
(chaîne de bars restaurants servant des minis-sandwichs de pains
à un ou deux euros chacun), la conversation se fit plus sérieuse :
"Es-tu heureux Enzo ? demanda sa maman sans aucun prélude
préparatoire.
   – Heu, oui Maman, pourquoi ? osa Enzo, dubitatif, cela dit.
   – Ne le prends pas mal. Je te sens absorbé par tes virus. Ils
prennent tout ton temps. Tes virus te transmettent un spleen,
une mauvaise énergie. Je te connais. Tu es rayonnant sur tous

les points, mais tu es en train de te réfugier dans ton travail. Là encore, tu me parles du nouveau coronavirus, c'est passionnant oui, mais j'ai l'impression que cela redonne un sens à ta vie qui est morne, une occasion de t'échapper. Je me trompe ? interrogea-t-elle, inquisitrice.

– Non Maman, je ne vois vraiment pas de quoi tu parles, hasarda Enzo.

– Désolé mon petit, après, tu me connais, je n'ai pas la langue dans ma poche. Est-ce que je peux te poser une question ?

– Vas-y Maman !

– Est-ce que ça va avec Evora ? Je sens que ce n'est pas trop ça. Je connais les Espagnols et souvent, ils peuvent rester jusqu'à pas d'âge chez Papa, Maman. Cela te convient réellement ?

– SILBI, por favor ! entonna la mégaphonie du restaurant "100 Montaditos" pour annoncer à nos deux compères que leur commande était prête et qu'il fallait la chercher.

– Ouille mon grand, t'en as de la chance. Tu échappes à la question, mais mon petit, je reviens tout de suite."

Elle débarquait avec les quatre mini-pains remplis de tortilla, de patates aïoli, de chorizo et de "jamón serrano", bien sûr ! Enzo reprit le fil de la conversation, en s'armant de courage : "Maman, tu me connais très bien. Oui, j'ai la sensation qu'Evora est un peu spéciale. Mais elle est tellement mieux que toutes les filles espagnoles que j'ai connues…

– … mais rien à voir avec Linda ou même Laura, coupa Sylvie.

– Peut-être… répondit Enzo en esquissant une moue rêveuse.

– Allez, on va s'éclater aux 100 Montaditos. T'es prêt ? Commande un sandwich en plus.

– Tu veux dire quoi là, Maman ?

– Ah aaaaaaaaaaaaaaaah ! Tu verras ! conclut Sylvie par une note positive et énigmatique."

Quelques minutes plus tard du retour de la mère d'Enzo du comptoir de la chaîne de restaurants, la mégaphonie appela : "ESQUETOUSOUZ, por favor !

– Noooooooooooooooooooooooon Maman, c'est pas possible ! s'insurgea Enzo, les yeux écarquillés, en voyant Sylvie se lever avec un sourire triomphal.

– Mais si, allez on s'amuse bien. On va faire dire les pires cochonneries avec des noms truqués. Mets-les bien de façon à ce qu'ils le prononcent en lisant en espagnol, comme on veut que ça résonne en français.

– Mais t'es un monstre Maman… J'adoooooore ! Allez c'est mon tour !" dit Enzo avec l'air le plus fourbe qu'il ait jamais pris dans sa vie, exalté par ses yeux verts étincelants, la même couleur que ceux de sa mère, avides de ruse.

Suivirent alors des "YETEBEZ", "SOUZMABIT", "NIKMOUA", "YESOUZ" *(!)* etc faisant rire jusqu'à en pleurer les deux immatures, mère et fils, devant les regards incrédules des madrilènes en terrasse. Ils se remplirent bien la panse à base de ces multiples mini-pains demandés au compte-gouttes. Sylvie reprit un temps son sérieux et décocha "Madrid, c'est ça, il ne faut pas la prendre au sérieux !" Enzo hocha la tête de haut en bas et se perdit dans une réflexion presque métaphysique.

Elle repartit à Toulouse, laissant son fils dans le précipice de sa vie de couple et abordant le saut à l'élastique le plus périlleux de sa carrière professionnelle. Cependant, la venue de sa mère lui redonna sa luminosité naturelle : il était prêt à faire le grand plongeon médiatique, muni du dernier regard de sa mère avant de rejoindre le contrôle de police à l'aéroport de Barajas, qui lui signifiait un amour pur, inconditionnel, reflet de ses propres yeux.

En janvier et février, tout s'enchaîna à une vitesse vertigineuse. Alors qu'Adèle Haenel se retirait de la cérémonie des César, indignée de la récompense indirecte à la "pédophilie" faite à Roman Polanski, le coronavirus s'installait lui, tranquillement, en Europe. Il avait sûrement voyagé en business, puisque Milan fut un des premiers bastions de contagion : la ville était connectée à Wuhan par ses centres d'affaires. La Suisse eut une incidence majeure peu de temps après, sûrement pour le même motif. Entre temps, le coronavirus voulut s'amuser et assista à un match de foot entre l'Atalanta de Bergamo (Italie) et Valence (Espagne) le 19 février. Les milliers de supporters espagnols réunis alors à Milan à l'occasion de ce match de football revenaient avec un hôte imprévu… En France, un des départs massifs dans la région Grand Est constitua le regroupement de 2,500 fidèles de l'Église porte ouverte chrétienne entre le 17 et le 24 février 2020, à Mulhouse. "Rien de bon ne provient du football et de la religion" condamna Dieu depuis sa montgolfière de nuage qu'il avait récemment inventée. "Oops I dit it again, Britney !" pensa-t-il automatiquement à son égérie ("Oops, je l'ai encore fait, Britney !" en français).

En raison de son extraordinaire travail effectué en Afrique de l'Ouest, en 2014, Enzo Gutiérrez fut très vite la personne désignée pour sauver la situation. On le nomma comme Directeur du Centre de Coordination des Alertes et Urgences Sanitaires. Il devint par là même la personne la plus écoutée de toute l'Espagne. Les informations relayées par la Chine et aussi l'OMS furent bien maigres, cependant, elles ressemblaient à une exhortation à la tranquilité. "Ce n'est qu'une grippe !" osa proférer Enzo dans une conférence de presse.

Ses comparutions télévisuelles se firent de plus en plus fréquentes et il donnait les nouvelles que laissaient les fronts de combat, nationaux mais aussi internationaux. Il enchaîna alors une routine de travail harassante tous les jours, alors que la population espagnole rentrait dans une routine d'inertie éternelle, en confinement. Le réveil se faisait très tôt, vers cinq heures trente du matin, ce qui lui laissait à peine le temps de se remettre de la veille. Direction le palais de la Moncloa, résidence du gouvernement. Avant le "conciliabule" télévisé quotidien, il se préparait à une légère session de maquillage qu'il décrivait comme un supplice et une perte de temps inutile. Or, il se rappelait Beverly Hills où tous les minets, dont les héros, Brenda et Kelly, devaient donner envie aux téléspectateurs de presque lécher l'écran *(Mais pourquoi avait-il ce genre d'idée lui passant par la tête ? ...).* L'image était des fois plus importante que le contenu du discours dans cette société de l'immédiat, malheureusement... Enzo se réunissait avec les journalistes avant même que le caméraman ne dise "Moteur ! Action !" Sa priorité était de bien informer la population par sa rigueur professionnelle, d'une façon calme et hautement didactique. Même quand il se trompait, il n'hésitait pas à reconnaître sa faute, en toute humilité. Il ne préparait jamais ses interventions, rapportant naturellement les données actuelles sur le virus. Il montrait souvent son sens de l'humour léger, approprié pour les foules, qui le suivaient dans le petit écran. Il était devenu à lui seul un phénomène de masse. Les femmes le trouvaient irrésistible, les hommes reconnaissaient, à leurs dépens des fois, que c'était un homme courageux. Toujours discret, il portait des pulls à col et chemises en-dessous et des cheveux bien ébouriffés, à cette époque-là. Ce qui se démarquait de Pedro Sánchez, fréquemment présent à ses côtés, à l'allure de chef d'Etat, mais qui pourrait très bien "coller" avec un culebrón ("feuilleton" en français) mexicain où tous les protagonistes dégageaient du "sex appeal". Certains gestes de la main ou des moues innocentes valaient à Enzo une avalanche de flashs et il ne pouvait se retenir de rire. Là, il accaparait tous les regards au détriment du Président. Le Messie regardait alors souvent au ciel, en pensant à sa mère, qui lui redonnait ce sourire angélique, dans sa mission d'affronter la situation pandémique. Il prenait très souvent de ses nouvelles à elle et aussi de son père, mais plus quand même de sa chère Maman, parce qu'il savait que la France passait à peu près par les mêmes épreuves que l'Espagne et qu'elle se plaignait de douleurs à l'estomac. Enzo faisait l'objet de multiples imitations et mêmes sur les réseaux sociaux, amplifiant le phénomène. En fin d'après-midi, après son "bain de foule" quotidien, la journée n'était pas achevée, puisqu'il allait au laboratoire pour analyser le virus et faire des recherches pour trouver ce vaccin dont la planète avait tant besoin en vue de se sortir de cette situation surréaliste et infernale. Tâche bien plus ardue encore !

Mais voilà, les gens mouraient, et de plus en plus. Les chiffres devinrent pharaoniques durant les premières semaines du long confinement : des centaines de morts par jour. Le sort exercé par Enzo Gutiérrez Thibault perdit de son impact sur les endeuillés. Certains le prenaient avec philosophie, d'autres lui en voulaient grandement, *à notre Messie*. Et même, dans sa propre famille d'adoption en Espagne...

Evora constitua une grande alliée d'Enzo au début. Très vite, vers fin mars, le père d'Evora, Luis, sentit une grosse fièvre et une pneumonie conséquente à ce mal de tête. À l'hôpital du nord de Madrid, La Paz, Luis occupa une place en réanimation. Evora fut triste de savoir sa présence à l'hôpital, puis dévastée de savoir son entrée dans le service en question. Ne pas pouvoir l'assister, ne pas pouvoir lui prendre la main, ne pas pouvoir l'accompagner, et en plus, supporter les mêmes peurs provenant de sa mère, à la maison. Trop, c'était trop. La jeune femme s'en prit donc à Enzo par téléphone, ne pouvant pas voir son propre père. À défaut d'être présente à ses côtés, elle voulait qu'il aille au moins l'aider. Cependant, il était formellement interdit de visiter des patients à l'hôpital, *que l'on soit Messie ou pas*. Il avait beau dire que La Paz était le meilleur établissement de toute l'Espagne et disposait des équipements à la pointe, elle n'en avait que faire. Elle lui répéta : "Pas besoin de masques, tu disais !" Il se défendit, tel un détenu, en déclarant qu'il avait prononcé que c'était une grippe et en correspondance avec les seuls renseignements qu'il possédait alors. Evora le dévora. "Je te jure que si mon père décède, tu auras à faire à moi..." proférait-elle dans le ton de menace le plus explicite, signifiant clairement l'arrêt de leur relation. Enzo en fut peiné, un moment. Néanmoins, il n'avait guère le temps de s'apitoyer avec le train-train des conférences de presse et des recherches sur *ce satané virus*. Elle essaya d'intenter un procès en son encontre. Cela ne fut pas recevable. Les traits d'Enzo se tirèrent, beaucoup plus que pour Ébola, au fur et à mesure que les familles perdaient des êtres chers. Le compteur du coronavirus gonflait, alors que la popularité d'Enzo baissait. Oh il avait toujours la cote, car beaucoup de gens réalistes imaginaient ce à quoi il devait se confronter tous les jours, inlassablement, durant de longues semaines. Pas de dimanche pour lui, non, la situation était trop grave.

Il tenait bon, au contraire. Autre chose pourtant finirait par l'achever. Les nouvelles de France n'étaient pas bonnes, celles du coronavirus, bien évidemment, mais aussi du côté de sa mère. Il vit en l'espace de quelques semaines une maigreur encore plus préoccupante que quand elle était venue en janvier, à Madrid. Puis un jour de début mai, le téléphone sonna. C'était Víctor son père. "Mon fils, ta maman a jauni du jour au lendemain, elle a été hospitalisée, on ne sait pas encore ce qu'il en est exactement..." Víctor ne pouvait pas être avec Sylvie à cause de la situation sanitaire en France. Enzo ne pouvait pas être avec sa mère à cause de la situation sanitaire en France et en Espagne, et sa profession en Espagne, qui avait pour mission d'endiguer ce fléau planétaire. Le 12 mai, un résultat de l'échographie que passa sa mère tomba et voici ce que put lire Enzo par photographie envoyée sur Whatsapp :

Échographie abdomino-pelvienne et pleurale

Indications : *Ictère*

Résultats :
Volumineuse infiltration hypo-échogène suspecte de la tête pancréatique, mesurée à près de 40 mm avec une importante dilatation associée des voies biliaires intra et extra-hépatiques avec un cholédoque de 23 mm de diamètre à sa partie proximale. Dilatation moniliforme du canal de Wirsung mesurée à 6 mm.

Le foie présente plusieurs nodules faiblement hypo-échogènes secondaires dont un au niveau du dôme à 22 mm.
Kyste biliaire de 28 mm en regard du précédent.
La vésicule biliaire est modérément épaissie, de contenu hétérogène, sédimentaire et microlithiasique.

La rate et les reins sont sans particularité.
Ascite de bonne quantité en péri hépato-splénique et dans le Douglas.
Épanchement pleural bilatéral.

À cette lecture, Dieu pensa à la mythique scène de Sharon Stone habillée en blanc et écartant les jambes, durant son interrogatoire avec le mot "Douglas", renvoyant à Michael Douglas dans "Basic Instinct".

À cette lecture, Enzo pleura de tout son être. Il était neuf heures du matin. Son père l'appela. Affolé, il lui demanda d'abord comment il allait et si cela paraissait aussi mauvais que ce qu'il avait pu comprendre. Enzo voulait boire et s'asseoir : "Je peux raccrocher et t'appeler dans quelques minutes ?" "Bien sûr mon fils, ça va aller ?" Víctor se voulait protecteur envers le jeune homme, tout en sachant que celui-ci devait savoir ce qu'il en était exactement, du sort de sa mère.

Puis, le Messie déroula tout le film de la période à venir dans sa tête, toujours à l'autre bout du combiné. Un cancer du pancréas qui serait probablement foudroyant, puisque déjà en métastase dans le foie et la vésicule biliaire. Dire adieu à sa mère pour toujours… Il reprit ses esprits et dit "Non ça va mieux. Toi tu peux t'asseoir Papa ?" Et devant l'affirmation de son père, Enzo lui lança le coup fatidique, sûrement un cancer du pancréas bien avancé. Son père avait la chance de pouvoir être aux côtés d'elle, car le déconfinement avait commencé en France, depuis la veille. Mais qu'en était-il pour lui ? Il développa de nouveau les quelques jours qui lui manquaient avant de rejoindre la France. Il fallait pour cela que l'hôpital fasse d'autres tests pour avérer la maladie et qu'Enzo puisse rejoindre la France. Oh, il pouvait user de sa "célébrité" ! Néanmoins, il devait "finir" avec l'Espagne, alors aussi en processus de déconfinement, enfin, achever son travail dans l'objectif de s'assurer que les choses se passent bien en son absence et que son équipe d'investigation continue les recherches sur le vaccin.

Ce même jour, à quelques heures de la nouvelle amère, sa comparution fut très difficile à gérer. Il affichait des yeux qui se voyaient rougis et coassait une voix qui s'entendait chevrotante. Les téléspectateurs assis devant leur télévision devinaient un mal-être attendrissant, selon ses fans, plutôt une nuit de débauche, selon ses détracteurs. Les gens qui critiquaient dans les réseaux sociaux ne furent pas tendres avec lui. "Il a fumé un pétard le croque-mort ?", "Il s'est frotté à une chauve-souris ou à un pangolin ?". Enzo ne fit pas attention à ce que relayait la presse. Ses pensées étaient chauvinistes, vers la France. Malgré la fatigue due au sommeil léger et la présence de l'être transparent dans ses rêves le faisant sursauter, les nuits, lorsqu'il trouvait un semblant de repos, les jours suivants, il prépara avec brio son intervention, parce que c'était lui, un professionnel hors pair. Il avait déjà annoncé qu'il partirait, lorsque l'examen définitif établirait le diagnostic fatal de sa mère, mais il voulait s'en aller la tête haute. Quand les résultats tombèrent confirmant le pire, ce fut comme un couperet de guillotine. Il était Louis XVI à ce moment-là, attendant sa mort prochaine, enfin celle de sa mère. C'était tout comme. Cela avait marqué la fin de la monarchie, le décès de sa mère marquerait l'enterrement de l'éternel garçon qui l'habitait. Et là encore, il déploya mentalement le fil des événements à venir et oui, il se relèverait pour elle, sa mère, pour ses derniers jours à vivre.

Enzo ne voulut pas communiquer à Sylvie qu'il partait pour la France, le samedi 30 mai 2020. Il lui prétexta que son travail en Espagne ne lui permettait pas de pouvoir franchir la frontière. Elle, tellement amaigrie, jaunie par l'ictère, fit une moue légère, avant de lui transmettre le plus tendre de ses sourires et regard complice, via vidéoconférence. Le vendredi, il fit ses adieux devant des millions de téléspectateurs espagnols, en leur disant que, pour des raisons familiales, il devait abandonner les devants de la lutte contre le coronavirus. Il finissait par un message d'espoir, les larmes à l'œil : "Le peuple espagnol a démontré sa ténacité dans cette crise sanitaire qui a particulièrement frappé le pays, justement par son haut degré de sociabilité. Nous allons nous en sortir et toujours, avec un grand sourire de bout en bout. Je pars pour la France, mais je sais que les Espagnols ont cette attitude positive et sociable inaltérable." "Au revoir !" dit-il à la Valéry Giscard d'Estaing, en version espagnole et bien plus latin lover. La plupart des filles et des homosexuels étaient éplorés devant leur poste. Les hommes regardaient leurs femmes de façon incrédule et s'ils étaient de gauche, ils exprimaient une grande compassion envers elles et Enzo. S'ils étaient de droite, ils éprouvaient une certaine rancœur envers lui, mais parce qu'ils oubliaient qu'il n'avait aucune fonction politique, bien que porte-parole du gouvernement d'alliance gauche communiste. Puis, dans tous ces sous-groupes, naquirent d'autres catégories : les endeuillés qui ne parvenaient pas à oublier la promesse initiale d'Enzo que le coronavirus n'allait être qu'une grippe et vouaient une haine inversement proportionnelle à la beauté du même personnage, comme son ex, Evora, les complotistes qui croyaient dur comme fer que le virus avait été créé en laboratoire, les négationnistes essayant au fond d'eux-mêmes de se guérir de la violence psychologique qu'avait reçue leur âme durant cet enfermement éternel etc. Il était indéniable que le pouvoir de séduction d'Enzo fut dégradé par les événements. Il laissait une population en proie à ses doutes, face à une crise sanitaire et humanitaire sans précédent. Le Messie en conclut qu'il vivait une époque somme toute passionnante et que l'homme ne cesserait jamais de le surprendre par sa rationalité et son exact contraire. "Pfff à qui le dis-tu ?" pouffait Dieu, en lançant un nuage de fumée de cigarette.

Enzo prit sa voiture le samedi matin, direction son sort inéluctable. Les pensées qui l'habitaient durant ce trajet s'exacerbaient, autant que le relief qui l'entourait. La traversée de la Comunidad de Madrid jusqu'à Castilla y León coïncidait avec la chaîne de montagnes madrilène de Guadarrama. Quand il traversa le tunnel constituant la frontière entre les deux régions, il fit le parallèle entre cette construction civile et l'imagerie de l'accès au ciel, lors d'un décès. Sa mère allait-elle avoir ce genre de sensations ? Une ascension obscure dans l'objectif de rejoindre la lumière, finalement ? Puis, il arriva dans la désertique Castilla y León avec des prairies qui commençaient déjà à être bien jaunes, jaunes comme le teint bilieux de sa mère. L'absence d'eau fanait la végétation, de la même façon que les cellules cancéreuses de Sylvie prenaient en otage sa santé. Quelle panique sentit Enzo ! Heureusement, il arriva à son cher et tendre Pays Basque espagnol, quelques petites heures plus tard. La partie française aussi était sympathique. Cependant, les courbes des routes d'Euskadi, la grisaille du ciel et le vert intense des montagnes constituaient plus une métaphore de ce qu'était sa chère maman. Son regard vert, plein de chaleur, pouvait alterner avec un gris pâle, mais qui pouvait être tout aussi communicatif dans sa froideur. Les sinuosités de sa personnalité étaient une joie à découvrir de l'extérieur. Sa bonne humeur exubérante et sa gentille douceur brumée étaient telle la rosée du matin, se déposant le matin sur la végétation, une source de vie qui collait à la peau de ceux qui y goûtaient. Après avoir passé l'Espagne, Enzo évoluait dans le territoire français, terriblement plat et parsemé de milliers de pins, dans les Landes. Il y vit une trajectoire linéaire jusqu'à son destin, le cheminement depuis le stade de zygote vers le dénouement final tragique, pour l'âme en possession de cette vie, mais sublime dans la récréation des autres espèces s'apprêtant à entreprendre alors le même développement.

Enfin arrivé à Toulouse, Enzo fut accueilli par Víctor à bras ouverts. On pouvait lire dans les joues de ce dernier, creusées par ce mois éprouvant, comme dans un livre ouvert : la grimace disgracieuse, accentuée par les rides, en disait long. "Ta mère va se faire opérer en fin d'après-midi. Ils vont placer un stent, une espèce de ressort, pour que la bile puisse s'évacuer. Les infirmières m'ont prévenu ce matin que l'état de ta maman avait bien empiré durant la nuit." Enzo s'arma de courage et son père l'amena au CHU de Toulouse. Les allées étaient vides, de par les normes sanitaires en vigueur pour la lutte contre le COVID. Elles étaient froides, blanches, agrémentées de figures qui se voulaient surréalistes tout aussi pâles, des personnages courbés à l'horizontale. Selon Enzo, une vision de la mort en avant-première... Le couloir était long, avant l'ascenseur menant au service de gastro-entérologie. *Pouvait-on faire l'agonie plus éternelle ?* Víctor eut alors l'idée que son fils entre le premier dans le but de surprendre sa mère. Celui-ci s'introduisit dans sa chambre, muni du masque de protection contre le coronavirus et se plaça à côté d'elle. Sylvie avait pris littéralement dix ans en cinq mois, depuis la dernière fois qu'il l'avait vue à Madrid. Une vieille dame avait substitué l'identité de sa mère, elle qui avait toujours été bien portante et toujours rajeunie, mentalement. Les cheveux gris avaient vaincu les siens, châtains clairs, auxquels elle donnait une coloration filtrée type "Instagram", dans le but de dissimuler ses racines blanches, de temps à autre. Puis ses mâchoires si triangulaires, tant marquées par la maladie... Enzo aperçut son grand-père, décédé il y a une quinzaine d'années, en sa mère. Sylvie était aussi "remplie" d'œdèmes dans les jambes, ainsi que le ventre. Ces gonflements marquaient un déséquilibre de l'écoulement des liquides dans le milieu interstitiel, provoqué sûrement par les nodules, qui empêchaient la bile de fluer correctement. Sa mère leva les yeux vers lui et ils étaient teintés de terre jaunâtre, de cire ocre, tel un chat qui aurait la rage... Elle fit à peine attention. Deux ou trois minutes plus tard, Enzo s'aventura : "Tu sais qui je suis ?" Elle tourna la tête, lentement vers lui, puis une minute de plus s'envola, avant qu'elle ne s'écrie : "Mon fils Enzoooo, mais ce n'est pas possible, tu es à Madrid et tu travailles !" Son regard se colora de miel accueillant : même si elle n'en était pas consciente, toutes les fibres de son corps prirent la décision de lutter de toutes leurs forces, afin de pouvoir profiter de son fils adoré jusqu'au bout.

Durant l'après-midi de l'opération de Sylvie, l'attente fut interminable. Enzo était accompagné de son père et resta de longues heures à parler avec lui : des épreuves passées en rapport avec le coronavirus, de part et d'autre des Pyrénées, puis le cancer de son épouse, du côté de Víctor, en France et la soudaine médiatisation et recherche de vaccin prometteuse, du côté d'Enzo, en Espagne. En exposant ses expériences récentes, le Messie voulait clairement mettre fin au premier aspect abordé pour se consacrer entièrement au deuxième : *ce satané vaccin* ! Il ne se sentait vraiment pas à l'aise sous les feux des projecteurs. Víctor était particulièrement fier de son fils, vif reflet de sa mère. Durant la jeunesse, s'il paraissait être quelqu'un de très chétif, ses expériences professionnelles et personnelles l'avaient grandi. Il semblait retrouver en lui sa Sylvie, qu'il admirait tant à Madrid et dont il était tombé amoureux immédiatement : cet esprit libre, en quête de justice et de communion sociale.

Ils appelèrent vers dix-huit heures, du fait que les infirmières leur avaient dit que très sûrement l'opération serait achevée. Quelle ne fut pas leur surprise de constater qu'ils allaient simplement commencer une heure plus tard ! Pour quelle raison ? Parce que Sylvie s'était échappée de son lit afin de voler un plateau repas entreposé dans le couloir, dans un élan de reprise de ses forces. Excepté qu'elle devait être à jeun... La chirurgie était donc reportée. Néanmoins, cela augurait de meilleures perspectives de récupération, au regard de cette soudaine fourberie de la part de la mère d'Enzo.

Le jeune homme décida donc de rejoindre ses meilleurs amis d'enfance en début de soirée. Ils avaient tellement de sujets à discuter pour rattraper toutes ces années écoulées. Laura, Corentin et Béatrice se réunirent autour d'un café. Enzo fut très surpris de pouvoir entrer dans un bar, régi par des mesures barrières qui lui semblaient moins strictes par rapport à celles de l'Espagne. Il savait que l'Ibérie emboîtait le pas à la France dans son processus de déconfinement et ce n'était plus lui qui édictait les "lois" affectant les populations, là-bas, de toute façon. Qu'est-ce que c'était bon de retrouver la chaleur humaine de ses amis d'enfance ! Il était fan de l'Espagne pour ses multiples attraits de paysage et de culture. Cela dit, il peinait à se trouver des amis profonds, au-delà de simples partenaires de rires autour d'un verre.

Les contacts furent chaleureux, bien qu'ils se fissent par le moyen des coudes et des regards attendris. Il constata qu'ils n'avaient pas changé. Les trois compagnons réconfortaient le pilier de leur groupe d'amitié, en raison de la situation critique de sa mère. Cet appui inconditionnel était à des centaines de kilomètres d'eux. Or, la distance n'avait altéré, en rien, l'énorme estime porté envers lui.

Laura était d'un pétillant qui lui rappelait sa mère. Déléguée départementale aux droits des femmes, elle lui empruntait aussi sa volonté de justice. Leur ancien amour, d'ailleurs leur tout premier, les avait installés dans une connivence remarquable. Enzo ne pouvait pas s'empêcher de se dire qu'elle était fantastique et que, quelque part, il ne s'expliquait pas qu'ils n'aient pas fini ensemble. Comme le disait l'adage, Dieu seul le savait, pensait-il. *Il ne savait pas qu'il avait tout à fait raison, sur ce point.*

Corentin avait un regard d'extrême compassion envers Enzo, il n'oubliait pas ce que son meilleur ami avait fait pour lui, lorsqu'il était passé par la même épreuve avec son père défunt. Il lui signifiait qu'il serait à ses côtés, afin de lui rendre la pareille.

Il était marié à Béatrice depuis quelques années et ils avaient eu un enfant, appelé Enzo, en honneur au Messie. Déjà 5 ans, le petit bonhomme. Béatrice et Corentin étaient totalement reconnaissants à leur gourou personnel. Béatrice voyait en lui aussi un mentor professionnel. Médecin de famille, elle buvait les paroles d'Enzo dans sa lutte à l'espagnole contre le coronavirus. Quel être adorable ! Le grand bonhomme voulait voir le fruit de leur amour du même prénom que lui, maintenant qu'il était un peu plus grand. Il voulait savoir s'il méritait ce "sobriquet" que ses parents lui avaient donné à la naissance ou plutôt l'inverse, si lui-même était digne de ce petit bout de chou qui paraissait déjà très prometteur. Pas d'Enzo Junior, car il était avec ses grands-parents, ce n'était donc que partie remise, une prochaine fois !

Laura coupa court à cette conversation bien sérieuse et elle déclara à brûle-pourpoint : "Je me suis procuré du LSD, qui veut faire un trip interstellaire avec moi ?" La réaction fut unanime

"Quoiiiiiiiiiiiiiii ?" "Oui j'ai reçu par courrier les feuilles de LSD depuis la République Tchèque, où il est facile d'en avoir. C'est une expérience unique au monde, je suis en train de lire des guides spirituels pour préparer au voyage. Je deviens experte en la matière. Je me documente encore et encore. Ce genre d'expérience n'est pas à faire à la légère, mais je vous garantis que vous obtiendrez des réponses à vos interrogations existentielles !" Devant l'argumentaire incessant de leur amie, les trois autres changeaient d'idées, petit à petit. "Pourquoi pas ?" conclurent-ils, chacun dans leur intérieur. Enzo pensa que ce serait un bel hommage à sa mère. Non, ce n'était pas une droguée, ces substances les répugnaient même. Mais il savait que c'était le genre d'expérience qu'elle aurait pu réaliser, étant jeune.

Retour à la réalité non édulcorée ! Víctor appela son fils, en vue de lui signifier que sa mère allait bien, lui avait-on dit par téléphone, depuis l'hôpital. Elle était extrêmement fatiguée de son opération et donc, elle se reposait. Le lendemain, ils pourraient la voir. Le groupe d'amis se dit au revoir chaudement par un coup de coude pourtant sans entrain. Il fixa de nouveau un rendez-vous quelques jours plus tard.

Le lendemain, père et fils se rendirent à l'hôpital. Víctor laissait toujours le soin de laisser Enzo avec Sylvie tout seul d'abord, de façon à ce qu'ils rattrapent le temps perdu, en quelque sorte, et que les conversations entre mère et "enfant" puissent aboutir à des confessions, qui seraient biaisées par la présence du chef de famille. Cependant, cette complicité fut gravement endommagée par l'état de santé conjoncturel de son épouse. Elle souriait oui, à l'arrivée de son fils à la chambre de la clinique, mais elle avait le regard perdu entre les quatre murs de sa cage sanitaire. Enzo lui parla doucement, tendrement, gentiment, sans attente de réponse qui brusquerait son état de fatigue en rapport avec son opération de la veille. Il prit sur lui-même, lorsqu'elle délira totalement, proférant des propos incohérents, mêlés à ses yeux ternis de gris mortifère et jaune fané, perdus dans les cloisons pâles. Le Messie se lança, courageux : " Tu sens que c'est pour aujourd'hui ? " Pas de réponse, un grand sourire fatigué s'efforçant sur le pliage des commissures des lèvres dans le but de transparaître un semblant d'aspect chaleureux. Víctor arriva et les deux hommes se retenaient de montrer leur grande affectation. Ils finirent par lui dire "Je t'aime !" en sortant du tunnel de la mort que représentait cette chambre d'hôpital inhospitalière.

Le jeune pleura tout au long du voyage, de retour à la maison. Il sentait encore que le jour fatidique allait être ce même jour. Père et fils se consolaient comme ils pouvaient, durant la nuit qu'ils passèrent étendus, ensemble. Et encore ce fichu fantôme apparaissant dans les songes d'Enzo, lorsqu'il arriva à fermer les yeux...

Le lendemain fut une énorme surprise, puisque Sylvie reprit du poil de la bête. Tout simplement, cela devait être le contrecoup de l'opération. S'ensuivirent alors deux semaines de grandes conversations entre mère et fils, mais aussi entre époux, même si l'intensité et la longueur des échanges étaient attribuées clairement, aux premières. Sylvie racontait sa vie, que ne connaissait pas Enzo, avec moult détails. En général, plus les jours avançaient, plus elle remontait dans le temps. Il buvait ses mots, même s'ils étaient entrecoupés par une respiration altérée, par ses œdèmes chargeant fortement ses poumons. Les expériences madrilènes résonnaient tout particulièrement en lui. Puis peut-être, encore plus fort en intensité, ce mai 1968 en France. Elle était un exemple de courage, de justice, ainsi que de liberté, d'égalité, de fraternité. Une vraie Marianne ! Enzo fit de même, en lui contant toutes ses expériences à l'inverse de l'ordre chronologique. Il arriva, ému, à l'épisode africain d'Ébola et sa rencontre déchirante avec Linda. Sylvie en pleura d'émotions et lui lança sans transition : "Ne crois-tu pas que c'est la femme de ta vie ?" Devant l'hésitation à répondre, elle renchérit plus nuancée : "Raconte-moi quelles expériences tu as eues avec chacune d'elles, enfin si tu le désires, mon chéri !"

Il discourut en sens inverse, en commençant par Evora et il en faisait un récit très bref et peu émotif. Ce à quoi, sa mère sentencia d'un ton dépréciatif : "Tu ne l'as jamais aimée, celle-là."

Il arriva de nouveau à Linda et le conte était enrichi, empreint de l'exotisme de l'Afrique subsaharienne. Sylvie imaginait la terre rougie, le soleil or, la jungle verdoyante, la peau de Linda ambrée, celle de Enzo voilée. Toutes ces couleurs amenaient à une évidence incontestable : "C'est l'amour le plus pur que tu aies connu !"

Puis, il rembobina jusqu'au temps de Laura, coïncidant avec la période de perte de sa virginité. Et le compte rendu fut tout aussi long, plus nuancé et sa mère était plus perplexe dans la sensation d'inachevé qu'il transmettait. Elle lui lança : "Laura était ton premier amour. Je suis heureuse que ce soit avec elle que tu aies fait tes premiers pas comme homme. Peut-être, vous n'étiez pas assez grands pour assumer une relation plus forte…" Enzo regarda vers le plafond proférant un "Peut-être, oui…" songeur.

Les deux semaines de visites à l'hôpital furent la scène de grandes confessions entre mère et fils. Il lui caressait les mains. Avec un de ses doigts, il effleurait les siens, de haut en bas, par lignes longitudinales, puis par des courbes plus sinusoïdales. Le plus bel acte d'amour était souvent fait dans la douceur des gestes, après tout. Bien des fois, le calme régnait et il la contemplait. La plus belle phrase d'amour était souvent dite dans le silence d'un regard, après tout. Il voyait une infinie sagesse, une vision sereine à l'approche de l'inéluctable. Seulement ses poumons la ramenaient parfois à la réalité, par la nécessité de puiser les 21% d'oxygène de l'air, enfin 100% d'oxygène avec la bouteille de gaz à inhaler, lorsque ceux-ci n'arrivaient pas à l'extraire de l'air, comme le ferait un vieil arbre s'enracinant plus en profondeur pour y puiser l'eau souterraine. Un jour, le moral n'était pas au rendez-vous, la quiétude laissa la place à une obscure certitude de l'inexorable, l'absurdité de la lutte pour la vie. Enzo vit qu'elle n'avait presque pas mangé son plateau repas. À 16 heures il lui faisait remarquer qu'elle devait prendre son complément protéinique. Elle répondait alors, lasse et blasée : "À quoi bon ?" Pourtant, les infirmières lui annonçaient que deux jours plus tard, elle pourrait être hospitalisée à domicile, suite à la visite du médecin évaluant son état de santé. Il le lui signala et ce fut de nouveau, un "à quoi bon ?" qui sonna et en y ajoutant : "Tu sais, être enfermée entre quatre murs à l'hôpital ou à la maison..." Oui, elle était à bout, déjà les mois du confinement du coronavirus l'avaient éprouvée et la voici de nouveau enfermée. La libérant, Enzo lui dit : "Tu veux que je le boive pour toi, le milkshake de protéines ?" Au hochement de la tête de haut en bas dessiné par Sylvie, il prit le breuvage saveur café et il fit ses adieux. "Tu sens que c'est pour aujourd'hui. Si c'est ainsi, ne lutte plus et laisse-toi aller tranquillement. Tout ira parfaitement bien. Je t'aime !" Et il fondit en larmes pour la première fois devant elle. Il garda comme souvenir cette boisson hyperprotéique et hypercalorique, du moins le flacon vide.

La soirée fut horrible, perturbée par le sentiment qu'à n'importe quel moment, le téléphone sonnerait le glas. Or, ce ne fut pas le cas. Le jour d'après, Sylvie allait beaucoup mieux et le surlendemain, elle pétait la forme, car elle rentrait chez elle auprès des siens. Elle avait son lit d'hôpital, muni d'une sangle dans sa chambre et sa petite bouteille d'oxygène. Elle avait de la visite, trois fois par jour : un passage de l'infirmière et deux passages des aides-soignants et auxiliaires de vie. Plus ses innombrables amis ! Il fallait réserver par avance le créneau horaire et en toute parcimonie, à effet de ne pas l'épuiser.

Enzo voulait lui rendre ce qu'elle avait fait autant d'années pour lui. Ce n'étaient plus tant les confessions de l'hôpital, plutôt les attentions envers elle. Il s'occupait de tous les repas – sauf un très symbolique de la part de son père – parce que cela lui tenait à cœur. Il comprit aussi à quel point sa mère était aimée. Depuis son départ à Madrid, il ne connaissait guère que quelques-unes de ses amies. Néanmoins, les coups de téléphone demeuraient sans appel : tout le monde en contact avec cette femme formidable fut heureux à ses côtés. Ses anciens collègues professeurs, ses copines de l'atelier couture, ses camarades du théâtre, ses collaborateurs du secours catholique où elle prêtait main forte à des SDF. Au bout du fil, les "Votre mère était mon rayon de soleil lorsque je la voyais, le mardi après-midi", "Votre mère est l'âme la plus bonne que j'ai jamais connue", "Votre mère avait le don de me redonner le sourire, même en ayant passé la pire des journées", "Votre mère est la plus généreuse des femmes", "Votre mère ne pense qu'au bien-être des autres." Et à chaque conversation, Enzo pleurait, mais de joie, car dans la loterie des naissances, il fut choisi comme étant le fils de cette merveilleuse personne et il put profiter de sa bonté, à chaque instant.

Les nuits où sa Maman ne dormait pas, étaient un cauchemar, puisque le lendemain sa respiration s'en voyait particulièrement affectée. Enzo lui prenait souvent sa saturation en oxygène, pour s'assurer que tout allait bien. Enfin, la dernière ligne droite jusqu'au destin fatal arriva. Sa mère peinait manifestement à respirer de l'oxygène et l'infirmière fut appelée en urgence. Víctor et Enzo se prononcèrent avec Sylvie qu'il était temps de la soulager et commencer à injecter de la morphine. Elle leur disait "Tout va bien se passer, je vous aime". Les deux lui répondirent de même "Je t'aime !" en prenant chacun une de ses mains des deux côtés du lit. L'époux ne put regarder la besogne mortifère que réalisait l'infirmière, l'enfant oui. Il était important pour lui d'assister à ce moment-là, même s'il ne savait pas trop pourquoi. À six heures du matin le lendemain, elle s'était réveillée, n'arrivant guère à parler, ceci dit. Enzo et Víctor étaient déchirés. Le fils dénotait dans ses yeux verts gris, la peur, première fois réellement qu'il sentait ceci chez elle. L'infirmière fut sommée de réaliser une autre injection, la tranquillisant, à tout jamais. Encore une autre piqûre, le soir, et son bébé pensait qu'elle ne survivrait pas la nuit. Il se plaça alors à côté d'elle, allongé et à son épaule, il lui susurra "Tu peux partir Maman. Nous refermons le cycle, c'est couché que je passais toutes mes nuits avec toi, c'est aussi couché que l'on se quittera. Je t'aime !"

A six heures du matin, Enzo fut arraché de son sommeil par son cauchemar habituel de 2020, exception faite que cette fois-ci la présence transparente avançait vers lui et prenait forme d'un humain, tel Arnold Schwarzenegger dans "Terminator 2" et soudain, il se retrouvait face à lui-même, une espèce de jumeau, qui semblait toutefois totalement extraterrestre. Il se réveilla en sursaut et il sentit qu'il devait se lever et aller voir sa mère. Effectivement, il arriva auprès d'elle et dans un ultime éclair de lucidité avant de trépasser, elle dévoila le mystère autour de la vie d'Enzo : "Tu as été envoyé par Dieu !" Puis, les yeux se fermèrent et le cœur envoya un dernier coup de pompe, arrivant au bout de son activité électrique. Le Messie avéré se vida de pleurs et se fit réconforter par son père, Víctor, tout aussi désemparé.

Le jeune homme ne savait guère comment interpréter cette dernière phrase. Il la garda dans le coin de la tête. Le 19 juin 2020 à 6h30, Enzo et Víctor avaient leur mère et femme, étendue, récemment décédée, mais visiblement en paix. Enzo se rappellerait cette journée comme la plus froide qu'il ait vécue dans sa vie. Tout d'abord, le passage austère du médecin généraliste se voulant chaleureux. Cependant, celui-ci avait tellement l'habitude que ses mots sonnèrent faux, tel un assassin feignant de l'amour au défunt devant de possibles témoins. Comment devait-on s'occuper de toute la paperasserie, le même jour de la mort d'un proche ? Besogne froide, comme l'état de sa mère, à cet instant. Les appels devaient s'enchaîner pour en informer la mairie, la sécurité sociale, la caisse des retraites, les démarches d'assurances obsèques etc. Il s'agissait, après coup, d'aller aux pompes funèbres, organiser la cérémonie d'incinération demandée par Sylvie, et ce, dans les moindres détails. Des soins avant ? Un recueillement auprès de quel type de tombe ? Avec fleur ? Avec croix ? Quelle urne et quel motif ? etc. "Comment voulez-vous que je vous achève ? Coup de pistolet ? Fusil de chasse ? Égorgé au moyen d'un couteau ? Pendu, peut-être..." fut le ressenti d'Enzo.

Trois jours plus tard, il recevait les condoléances des quarante personnes qui pouvaient rentrer dans le crématorium pour cause de coronavirus. Le parking était rempli. À cette constatation, il déclara avec un rire léger, voulant apaiser la situation : "Elle aurait pu remplir un stade de foot !" Il fit un discours très émouvant, sans nul doute celui qui avait le plus touché le public. Tout de noir vêtu sauf sa chemise blanche, Enzo parla en espaçant bien les mots, en se laissant respirer quelques secondes, lorsque l'émotion le gagnait. Il fit un conte commençant donc par "Il était une fois" et il raconta le parcours de sa mère dans la vie. Il finit par le récit de ses dernières trois semaines qu'il qualifia de "magiques", prévenant son auditoire de la curieuse association de l'adjectif "magique" avec les péripéties de l'hôpital et les derniers jours de sa mère, à domicile. Oui, elles étaient magiques, insistait-il, car il avait pu lui dire adieu dans les meilleures conditions possibles, dans ce cadre pourtant, si désolant. Le Messie captivait et même, maîtrisait son assemblée par les mots, par la gestuelle et par l'image foudroyante d'une beauté déchue. Les dernières phrases, d'abord prononcées en espagnol en hommage à sa mère, puis en français, eurent raison de la foule qui l'acclama, éplorée :

"Ya te puedes ir Mamá, has cumplido con tu misión. Has hecho a todo el mundo feliz, sin excepción. Ahora les pido a los presentes: ¿Quién no sonrió con mi madre? ¿Incluso quién no lloró de risa con Mamá? Yo sé que todos ustedes se beneficiaron de su buen humor contagioso. Voy a intentar hacer lo mismo. Sé que lo haré menos bien. Pero estando provisto de tu alegría y de tu sonrisa dibujadas en el cielo, lo conseguiré y si hiciera aunque sólo fuera, un centavo de lo que hiciste, habría hecho de esta Tierra un lugar bastante mejor".

"Tu peux partir Maman, tu as accompli ta mission. Tu as rendu tout le monde heureux, sans exception. Maintenant, je vous demande à vous, présents : Qui n'a pas souri avec ma mère ? Même, qui n'a pas pleuré de rire avec Maman ? Je sais que tous, vous avez fait l'objet de sa bonne humeur contagieuse. Je vais essayer de faire de même. Je sais que je le ferai moins bien. Mais, en étant muni de ta joie et de ton sourire dessinés dans le ciel, j'y arriverai et si je fais, ne serait-ce qu'un centième de ce que tu as fait, j'aurai fait de cette Terre un monde bien meilleur".

5. LE VOYAGE D'ENZO

"Et maintenant qu'allait faire Enzo ?" s'interrogeait Dieu, mais pas seulement. Le jeune homme, lui-même, chercha au plus profond de lui. Il pensait que le retour à Madrid devait être la seule voie possible. Cependant, il n'était pas pressé. Il resta trois semaines de plus, afin d'accompagner son père et ne pas le laisser seul dans cette terrible épreuve. Il voulait profiter de son papa, après tout on ne savait jamais ce que *cette chienne de vie* nous réservait pour le lendemain. Et aussi, il passa énormément de temps avec ses trois amis : Corentin, surtout, qui lui renvoyait naturellement les gestes de bonté qu'avait eus Enzo, adolescent, envers lui, lors du décès de son père. Béatrice et bien sûr, Laura.

Une semaine après la mort de sa mère, il eut un flash lui parcourant le corps. Il voulait connaître le mystère de sa vie et il dit à sa toute première amoureuse, à brûle-pourpoint ; "Tu as toujours le LSD ? On le fait quand, ce voyage sous acide ?" "Mais bien sûr, quand tu veux !" répondit-elle. Les deux autres compères ne voulaient plus être de la partie : "S'il n'y avait pas Enzo Junior… on ne veut pas risquer de se foutre en l'air." Laura intenta de les absorber dans cette expérience mystique, elle qui lisait tellement sur le sujet. Les arguments comme quoi cela avait servi en psychothérapie, ne furent pas suffisants pour convaincre la femme médecin chevronnée que constituait Béatrice, au contraire même. Ceci dit, elle et son mari assistèrent à la grande préparation des voyages de Laura et Enzo. L'activiste fournit à *notre Messie* trois livres de guide spirituel, en vue de garantir un trip en toute sécurité. L'expérience exigeait de venir avec une question, pour que le voyage spirituel apporte une solution. Attention, rien à connotation négative, parce que l'expédition invoquée, chimiquement, était bien fournie en détails. Laura s'assurait de ne pas demander des choses telles que le pourquoi de la mort. Car cela aurait la dangerosité de montrer des cadavres, des squelettes etc, tout au long de la séance qui pouvait durer jusqu'à seize heures ! De plus, la jeune femme mit en garde qu'il fallait être plutôt bien avec soi-même, en paix, dans l'objectif de ne pas recevoir des illustrations difficiles. Et même en ayant la meilleure des formes, le voyage était susceptible de révéler des images ponctuellement désagréables. Cet avertissement demeurait un message indirect à l'égard d'Enzo. Il venait de souffrir une terrible perte, peut-être la plus traumatisante dans la vie d'un homme, si ce n'était peut-être, le décès d'un de ses propres enfants, qui en plus de la tragédie impliquée, défiait la chronologie naturelle. Il rassura sa meilleure amie. Dans le but de ne pas débarquer totalement ignare, il lut la documentation d'accompagnement au voyage et en quelques jours, il devint un expert. Il fit lui-même, quelques recherches historiques sur la question.

Le diéthyllysergamide (LSD, LSD-25, provenant du *charmant* mot allemand "Lysergsäurediethylamid") était un psychédélique hallucinogène psychostimulant, dérivé de composés issus de l'ergot de seigle. Au Moyen-Âge, on reportait de grandes épidémies de cette substance et on attribuait le qualificatif de "Mal des ardents" ou "Feu de Saint-Antoine" à ces sensations de brûlure, des états d'hébétude, des crises d'hallucination. L'ergotisme provoquait des symptômes différents à ceux du LSD, allant jusqu'à la gangrène des extrémités. Cela était dû à la présence d'un champignon parasite du seigle, mais aussi d'autres céréales et graminées fourragères, pouvant passer totalement inaperçu dans la farine de seigle obscure. Certains épisodes de sorcellerie et de possession démoniaque s'expliquaient par l'ingérence de l'ergot de seigle. Avec le temps, les techniques modernes de nettoyage des céréales enlevèrent cette substance, au préalable de la concoction de la farine. Cependant, occasionnellement, des crises d'ergotisme pouvaient survenir dans les pays en voie de développement, notamment en Afrique.

Le chimiste Albert Hofmann, de l'entreprise pharmaceutique Sandoz, synthétisait alors le LSD en 1938, vingt-cinquième dérivé de l'ergot de seigle (d'où le nom de LSD-25), dans le but premier d'une meilleure irrigation veineuse. Le 16 avril 1943, ce dernier ingéra quelques milligrammes d'acide lysergique et expérimenta vertige, angoisse et des pensées fulgurantes… Arrivé chez lui, il décrit être «submergé par des flots d'images fantasmagoriques extrêmement inspirées». «Je me trouve sous le charme de vagues d'images d'une plasticité extraordinaire, sans cesse renouvelées, en un jeu kaléidoscopique inouï !» Les effets s'atténuèrent au bout de deux heures. Albert Hofmann réitéra l'expérience trois jours plus tard, le 19 avril 1943, en absorbant 250 microgrammes. Lors de cette expérience, l'anecdote contait qu'il voulait rentrer chez lui à bicyclette (du fait de la guerre, les voitures étaient réquisitionnées ; cette course est aussi connue sous le nom de la "bicycle ride"). Il venait d'embarquer pour les premiers "trips" de l'histoire du LSD, ouvrant la voie à de nombreuses autres expérimentations psychédéliques et scientifiques. "J'avais du mal à parler de manière intelligible. J'ai demandé à ma laborantine de m'escorter jusqu'à chez moi. Sur le chemin, mon état a commencé à prendre des proportions inquiétantes. Tout ce qui entrait dans mon champ de vision tremblait et était déformé, comme dans un miroir incurvé. J'avais l'impression de ne pas avancer. Pourtant, la laborantine m'a raconté plus tard que nous avions voyagé très rapidement. Au bout de huit heures, les effets diminuèrent. Le lendemain il s'éveillait, l'esprit clair, bien qu'un peu las. «Un sentiment de bien-être m'enveloppait, comme si une vie nouvelle s'ouvrait. Le monde était comme recréé.» Hofmann était persuadé que ce produit ouvrait un champ d'expérimentation psychique et thérapeutique extraordinaire.

Ce fut le cas, pendant un certain temps. Entre autres, aux États-Unis, Abramson mena une cure de désintoxication de l'alcool par LSD. Aux Pays-Bas, Bastiaans se servit du LSD pour la récupération du traumatisme vécu par les soldats envoyés en camps de concentration, durant la Deuxième Guerre mondiale. En parallèle, Hofmann fit découvrir le LSD à des écrivains et philosophes éminents comme Ernst Jünger et Aldous Huxley. Même la CIA fit une grande incursion dans le LSD, en l'utilisant comme sérum de vérité avec des doses souvent trop fortes, ayant provoqué chez certains des suicides, des expéditions à l'hôpital psychiatrique, etc. Début des années 1960, le psychologue clinique, Timothy Leary, fit l'apologie de la prise de LSD et encouragea ses étudiants à en prendre avec lui, à Harvard, aboutissant au retentissant "Harvard scandal". Le Président Nixon décrit Timothy Leary comme "l'homme le plus dangereux d'Amérique".

A. M. Hubbard, un riche aventurier qui avait pris du LSD avec Osmond et Huxley, propagea son enthousiasme en en distribuant généreusement à tous types d'artistes et de professionnels. Des proches de Walt Disney essayèrent les psilocybes en vacances au Mexique (expérience qui fut à l'origine du film «Fantasia»), puis firent connaître la drogue à Hollywood. Enzo ne verrait plus jamais du même œil les films de Disney. Cela expliquait aussi l'extravagance de certaines de ses œuvres, même si elles étaient destinées à un public enfantin. Un gamin qui ne regardait que ce genre de dessins animés était la proie d'un message subliminal. *Un abus de Disney te rendait complètement junky !* Le reste de l'histoire du LSD était plus ou moins connu : à la fin des années 1960, la déferlante hippie détonna l'ère du psychédélisme, LSD en main. Cependant, trop de déboires décousirent le pouvoir bienveillant de l'acide avec notamment, à Hollywood, le meurtre de Sharon Tate, femme de Roman Polansky et à ce moment-là, enceinte de huit mois et demi, aux prises d'une bande sectaire sous l'emprise du LSD. L'acide retrouva un certain essor dans les années 1980-1990 accompagnant les sons techno de grands festivals. De nombreuses personnalités, dont Steve Jobs, fondateur d'Apple, déclarèrent que la substance hallucinogène avait reconduit leur vie.

Enzo était définitivement prêt à reconduire la sienne, peut-être trouver son chemin dans cette étape si trouble, mêlant une pandémie dans la sphère planétaire et un décès dans la sphère personnelle. Laura lui donna une leçon de psychanalyse en s'inspirant de Freud, qui disait qu'une personne était divisée en trois : le "ça", le "moi" et le "surmoi". Le "ça" constituait les pulsions inavouables de l'homme, en quelque sorte son côté animal, ses instincts refoulés qui devaient s'exprimer par détournement, tel un artiste illustrant ses désirs profonds dans une peinture, par exemple. Le "moi" c'était l'être humain au quotidien, défini par les règles apprises en bas âge, la bienséance, l'existence en société. C'étaient ses fonctions conscientes dans l'unique but de faire régner le bien et taisant le "ça". Le "surmoi" représentait l'intériorisation de toutes ces normes, surtout lors de l'enfance et l'adolescence, l'instance morale qui définissait ensuite le "moi". Laura prévint Enzo que le voyage allait jongler avec ces trois concepts psychanalytiques freudiens. Le trip, en lui-même, comportait trois phases qu'elle décrivit comme la mort, le purgatoire et la renaissance. La première phase constituait la mort de l'ego : alors leur corps physique disparaîtrait sous leurs yeux. La deuxième phase était celle des hallucinations, qui allaient puiser dans le subconscient de la personne. Enfin, la dernière montrait une réincarnation, ce à quoi le voyage aboutissait comme changement de personne. "Turn on, tune in, drop out" ("Allume, syntonise et ressors" en français) résuma Laura le triptyque du trip, en citant la phrase célèbre de Timothy Leary.

Le fil conducteur de toute cette scénographie spirituelle devait être marqué par une musique adéquate servant de diapason, de rythme de marche, qui inspirerait le périple. Enzo laissa à la jeune femme le soin d'organiser la playlist psychédélique d'accompagnement du voyage. Celle-ci insista sur le fait qu'il devait l'écouter et s'il voulait que des sons, en particulier, l'accompagnent dans son trip, qu'il le fasse savoir. Il écouta tous les morceaux et il fut totalement inspiré par l'ambiance musicale. Il voulait inclure une seule et unique chanson et le choix fut pour le moins incongru. "Everytime" de Britney Spears trancherait le fil musical développé par des artistes comme les Beatles, Grateful Dead, Jefferson Airplane, Moody Blues etc. Laura le regarda, interloquée, les yeux écarquillés, croyant à une très mauvaise blague. Devant son insistance, elle lui demanda "Tu as déjà pris quelque chose ?". Enzo certifia : "Je ne saurais t'expliquer pourquoi. Quelque chose me dit intérieurement qu'une chanson de Britney Spears doit être introduite. Et celle qui m'a parue la plus « LSD-friendly » (prononcée à l'anglaise) serait ce slow." "Oh yeah, my soul man !" ricana Laura en cédant à sa demande.

"TOU TAM TA DAM, le LSD n°25 en provenance de chez Laura Vidal et à destination du Nirvana, départ initialement prévu à 18h39 va entrer dans le corps, Voie buccale. Il desservira Exaltation, Euphorie, Hallucination, Illumination et Cosmos", comme dirait la fameuse voix féminine, chaude et suave des gares SNCF.

Laura avait tout prévu, ce samedi 4 juillet. Elle avait enlevé de sa maison quelconque objet pointu, tel que les couteaux et installa une atmosphère propre à faire l'amour réellement, des bougies parfumées savamment agencées, pour créer une ambiance Air Wick, en moins chimique, tout de même. Des plantes de toutes tailles, certaines vêtues de fleurs, d'autres nues, parsemaient aussi le salon, lieu de la scène de théâtre psychédélique sur le point de s'écouler. Enzo arriva un brin intimidé, Laura restait très enthousiaste. Elle lui servit un verre de diabolo menthe afin qu'il puisse se rafraîchir. "Tout va bien se passer mon grand !" servit de prélude au voyage.

Laura sortit les papiers buvard imprégnés du champignon hallucinogène, puis les deux exs de nouveau réunis s'attelèrent à les lécher, pour finalement les avaler une demi-heure plus tard, déçus de ne voir aucun symptôme apparaître. Sauf que le show commença immédiatement après. Les deux virent comment les formes géométriques autour d'eux se faisaient plus floues, plus bombées et cette constatation les enchanta grandement.

De façon à ce que le trip lui apporte une résolution, Laura venait avec la question suivante : "Quel est le don que je peux apporter à ce monde ?". Enzo avait réfléchi, aussi et avait trouvé, à peu près, la même interrogation existentielle, substituant le mot "don" par "mission". Les hallucinations s'enchaînèrent chez les deux, acidulés. Les couleurs vives envahissaient la pièce toute incurvée par la dilatation des pupilles qu'ils expérimentaient. Des vagues rouges se mêlaient à des courbes vertes. Ensuite, arriva un phénomène déjà bien connu de la jeune femme, qui en avait averti auparavant le Messie. Ils voyaient comment, petit à petit, leurs corps se désintégraient. Les membres supérieurs se faisaient transparents, ainsi que les membres inférieurs, puis le corps disparaissait. Enzo eut un léger coup de panique, qu'il contrôla immédiatement, toutefois. Et la vie leur fut contée à tous les deux. Laura vit l'explosion du Big Bang dans l'univers. Quant à Enzo, il vit Adam et Ève avant le sort malin qui leur avait été jeté avec, en tant que guest, la fameuse apparition transparente de ses rêves en guise de témoin. Comment les espèces avaient évolué passant d'une matrice unicellulaire à des organismes complexes amphibiens, ensuite le saut effectué jusqu'aux animaux terriens vivant de la respiration aérienne. Enfin, la transition entre les orangs-outans, gorilles, etc. aux hominidés pré-homo sapiens. Ils voyaient un time lapse de quelques jours en méga accéléré de la formulation darwinienne de l'évolution. Les deux assistèrent au réagencement des branchies, afin de se convertir en poumons. Les deux virent l'ADN hélicoïdal en quatre dimensions, puis les gènes dans les chromosomes déterminant une caractéristique phénotypique d'un être vivant. La danse des chromosomes, lors de la mitose et de la méiose, étaient un ballet millimétré dans l'espace et chronométré dans le temps. Leur lucidité était infiniment exaltée. Ils accédaient aux mystères de l'univers visible et invisible et ils s'immergeaient dans la mémoire cellulaire de la matière. Laura vit soudainement tous les dieux rassemblés, excepté celui de la religion catholique, autour de la déesse Isis. Dans la vision d'Enzo, Darwin se trouvait toujours à côté de la danse de l'évolution et aussi, la même figure fantomatique entrevue pour Adam et Ève. En un instant, il contempla l'histoire très contemporaine : le saut du coronavirus du pangolin à l'homme et il était à côté, en train de discourir sur la présentation d'un vaccin, voyant clairement sa formule et son action contre ledit virus.

Soudain, un squelette apparut dans les mirages psychédéliques d'Enzo. Laura l'avait prévenu et dans ce cas-là, il ne fallait pas faire faux bond et ne pas avoir peur, sinon bel et bien affronter ces désagréables apparitions. Il serra fortement le talisman qu'il avait choisi pour pouvoir l'aider dans ces situations extrêmes : la boîte renfermant la bague surmontée d'une petite émeraude, qu'il avait offerte à sa mère à l'hôpital. Enzo comprit très vite ce que la vision du squelette signifiait : la vie n'avait de sens que si elle s'interrompait. En effet, il vit le squelette se transformer en sa mère, qui souriait de bout en bout, blanc comme la pureté immaculée et ses yeux verts comme la végétation luxuriante. Elle lui signifiait qu'elle allait bien. Puis s'avança alors, par pas très lents et intenses en suspens, depuis le dernier plan, l'entité transparente de nouveau transformée en Enzo comme le rêve du 19 juin 2020 qu'il avait eu, avant le décès de sa mère.

La musique de Britney Spears commença à sonner :

"Notice me
Take my hand
Why are we
Strangers when
Our love is strong?
Why carry on without me?

And everytime I try to fly I fall
Without my wings
I feel so small
I guess I need you baby
And everytime I see
You in my dreams
I see your face
It's haunting me
I guess I need you baby"

"Remarque-moi
Prends ma main
Pourquoi est-on
Étranger quand
Notre amour est si fort ?
Pourquoi continuer sans moi ?
Et chaque fois que j'essaye de voler, je tombe
Sans mes ailes
Je me sens si petit
J'imagine que j'ai besoin de toi, bébé
Et chaque fois que je te vois
Dans mes rêves
Je vois ton visage
Et cela me hante
J'imagine que j'ai besoin de toi"

Et lorsque les paroles commencèrent à claironner, tant Laura comme Enzo revoyaient la peinture de Michel-Ange. Dieu accordait le don de la vie au premier homme dans la fresque "La Création d'Adam", représentée sur le plafond de la chapelle Sixtine et dans les fibres cognitives des deux meilleurs amis. À peu de choses près, autant Dieu comme Adam, étaient représentés par la figure de… Enzo !

La jeune femme avait compris. C'était un énorme détail qui avait influencé sa vie, auparavant, dans cette énième version du monde. Pour elle, un seul mystère demeurait, telle la prémisse de l'œuf ou de la poule. *Qui arriva le premier, le Big Bang ou Dieu ?* Cela dit, sa propre mission devait s'éloigner de ces "tergiversations" et du ressenti d'Enzo. C'est pourquoi, elle le laissa dans le salon, comme un grand, et continua son voyage dans une des chambres adjacentes. Elle eut toutes les réponses dont elle avait besoin, afin d'avancer dans la vie, en contemplant toutes les femmes qui avaient fait l'Histoire : Jeanne d'Arc, Marie Curie, Mère Thérésa, Simone Veil, Rosa Parks etc. Entre elles, au milieu, se situait de nouveau, la déesse Isis. Laura assimila que sa contribution dans ce monde, c'était d'être une femme, tout simplement. Elle défendrait ses partenaires, tant qu'elle pourrait. Elle le faisait déjà en tant que déléguée départementale aux droits des femmes en Haute-Garonne. En revanche, son ambition était d'arriver plus loin, dans le but d'allier la population à sa cause. Défendre l'opprimée, l'assassinée, la spoliée, la violée, la maltraitée etc. Mais aussi, maintenir la stature de ces êtres capables de donner la vie. Être une femme, tout simplement !

Quant à Enzo, il avait tout compris. Devant lui, s'acheminait Dieu, qui avait pris son apparence à lui. Et une intense conversation s'enchaîna dans son cerveau : "Enzo, je suis ton père ! dirent-ils les deux à l'unisson.

— Comment sais-tu que j'allais dire cela ? demanda Dieu totalement intrigué.

— Je te connais par cœur. Tes références pop, tes goûts de film. Tu préparais cette entrée comme Dark Vador, annonçant à Luke Skywalker que c'était lui, son père dans « L'Empire contre-attaque », rétorqua Enzo.

— Tu, tu sais pourquoi j'ai fait tout ça, aussi de t'envoyer comme Messie sur Terre, alors ? hasarda Dieu.

— Effectivement, pour soi-disant sauver le monde. Mais je crois que tu t'y es vraiment mal pris, répondit Enzo.

— Oui exactement, tu sais que tu vas développer le vaccin qui pourra libérer l'humanité du joug du coronavirus, non ?

— On verra. J'en ai marre d'être Jim Carrey dans « Truman Show », manipulé par une instance humaine divine dans un cadre oppressant…

— … J'adore ce film !… stoppa Dieu la narration du Messie.

— … Oui je sais, je parle ton langage de freaky pour que tu puisses comprendre mes sentiments d'homme, victime de tes manipulations. J'aimerais que tu m'expliques toutes tes manigances. Comment as-tu pu te comporter de la sorte ? interrogea Enzo.

— La situation en 2020 et 2021 se présentait catastrophique et…

— … reviens aux premiers temps sur cette Terre, depuis le début ! Je veux que tu te prononces sur tes agissements avec tes propres mots ! coupa Enzo, incisif.

— Ben, au début, les hommes vivaient heureux mais…

– … mais Monsieur s'ennuyait à mourir, censura Enzo, monté sur ses grands chevaux. Dieu s'emmerda tellement qu'il créa le mal et cela lui fit plaisir de voir les hommes s'entretuer, entre autres. Et il les laissa faire sans intervenir une seule fois.

– Non ce n'est pas vrai, je les ai aidés comme j'ai pu, faire en sorte qu'ils puissent évoluer, se défendit Dieu.

– Comme leur envoyer des briquets ! Tu ne trouves pas cela un peu enfantin ? enfonça de nouveau Enzo.

– Oui, je me suis permis quelques incartades. Après j'ai envoyé les scientifiques sur Terre, quand même."

Il y eut un grand moment de pause. Enzo avait besoin de souffler. Il ne savait plus si c'étaient les altérations causées par le LSD ou bien la colère envers Dieu qui le faisaient hyperventiler.

"Je sais pourquoi tu les as envoyés, ces hommes et femmes super doués. Ce n'était pas pour faire grandir l'humanité, c'était pour Britney Spears et ses danses chaloupées. Mais te rends-tu compte de l'absurdité de cet acte ? gronda Enzo.

– Non, je te jure, la science n'arrivait pas facilement aux hommes et ils se comportaient comme des êtres moyenâgeux.

– Pourquoi tes interventions ont toujours eu lieu en Occident et quasiment jamais en Afrique ?

– Heu…

– … Heuuuuuu ! charcuta Enzo en imitant la tête de Dieu. Parce que les produits de variété africains ne te plaisent pas, voilà pourquoi !"

De surcroît, Enzo développa, sur le peu de honte qu'avait Dieu, en rapport à son comportement ingénu : "Tu as connu après les deux guerres mondiales et là, tu n'es pas intervenu. Tu t'es enfoncé en pensant qu'indirectement tu avais provoqué ces conflits mondiaux mais non, rien. Tu as laissé faire… pour Britney Spears ! sentencia à haute voix Enzo.

– Oui, je n'étais vraiment pas bien à cette époque-là. Je ne pouvais pas savoir que les hommes allaient devenir aussi cruels entre eux. Je devais limiter mes visions vers le futur, car le Code de Déontologie Divine m'y oblige et mes interventions sur cette Terre ne peuvent pas être nombreuses, sous peine de...

— ... et tu ne savais pas que ces deux guerres allaient avoir lieu ? Tu ne savais pas ? cria Enzo en toute défiance.

— Noooooooooooooooooooooooon, se défendit Dieu, les mains sur sa tête d'apparence d'Enzo.

— Bien sûr que oui. Comme si les films hollywoodiens ne faisaient pas allusion à ces guerres qui marquèrent la planète entière, comme « La liste de Schindler », « Le pianiste », « La vie est belle » et un long etcetera...

— ... moi tu sais, j'ai toujours été plus calé musique... coupa Dieu.

— ... et les chansons pop ou rock ne font aucunement mention aux guerres mondiales. « Enola Gay » de the OMD Orchestral Manoeuvres in the Dark, cela ne te dit rien ?" reprit le dessus Enzo, en faisant référence à la chanson pop homonyme de l'avion bombardier lançant la bombe atomique sur Hiroshima.

Dieu pleura, comme il n'avait jamais fait. En un instant, il commença à souffrir de nouveau du stress causé par les deux guerres mondiales et surtout de ces milliers de morts causées par les bombes nucléaires. Après quelques minutes de silence nécessaire pour retrouver le calme, Enzo, toujours bon samaritain, vint le réconforter. *Après tout, ce n'était pas un si mauvais gaillard, Dieu !*

"Je sais que tu as fait ce que tu as pu. Mais, désolé de te le dire, tu as sévèrement échoué. Quiconque à ta place aurait pu faire légèrement mieux oui. Pourtant, je vais te dire, c'est impossible à réaliser, nuança soudainement Enzo.

— Que veux-tu dire par là Enzo ?

— Ton erreur est d'avoir créé le mal. À partir de là, tout était joué, tout n'était que peine perdue ! osa Enzo, devant les yeux écarquillés verts de Dieu. Tu as cru que j'allais être « Buffy contre les vampires », en parlant ton langage.

— J'adore..."

Dieu ne finit pas sa phrase au vu des sourcils froncés de son fils :
"Je ne comprends pas, énonça-t-il dubitativement.

– Les hommes. Aaaah les hommes…" répondit vaguement
Enzo, après une longue pause.

Puis, précisant son propos, Enzo rebondit : "Pour que tu comprennes, comme dit le groupe Depeche Mode dans sa chanson
« People are people » :

I can't understand
What makes a man
Hate another man
Make me understand"

Je ne peux pas comprendre
Ce qui fait qu'un homme
Déteste un autre homme
Laisse-moi comprendre

Dieu savait désormais où il voulait en venir. Il laissa Enzo poser
des mots sur leur opinion partagée : "Les hommes sont des animaux munis d'un cœur, mais aussi d'un cerveau. Ils jonglent dans
la vie entre la rationalité de leur être humain et leur irrationalité animale. Ils ont inventé des lois, des sociétés, des regroupements, pour pouvoir vivre en communauté et pour ne pas qu'ils
s'entretuent. Cependant, leur mode de vie les fait mettre dans
des catégories. L'homme raisonnable veut le bien de son voisin.
L'homme déraisonnable ne souhaite, intérieurement, que le mal
de son voisin. Parce qu'il n'est pas capable de se regarder dans un
miroir, de s'affronter lui-même. C'est extrêmement dérangeant
de découvrir ses propres failles, donc s'ils peuvent les déguiser,
en accentuant celles des autres… Tout est dans le paraître. Les
technologies n'ont pas arrangé les choses. Ils ont maintenant accès à une vie virtuelle, qui permet d'échapper même à l'exigence
sociale. Tout doit être immédiat. Tout doit être pour leur propre
plaisir. Les efforts ne sont plus valorisés. Ils sont accrocs aux

artifices qui vont les éloigner de leurs prochains. Regarde-toi, toi Dieu, le junky de Britney Spears ! Les hommes ont monté un méga spectacle sur Terre, dans le but de les évader de leur propre existence !

— Oui Enzo, c'est là toute la difficulté. Tu sais pourquoi je t'ai envoyé toi ? interrompit Dieu le monologue passionnant.

— Je sais, parce que le panorama n'est vraiment pas bon avec le coronavirus. La Terre est une cocotte-minute, prête à exploser, concéda Enzo.

— Je t'en supplie Enzo, tu dois retourner en Espagne, reprendre les recherches sur le vaccin, pria Dieu.

— Hum non, désolé ! Les études continueront sans moi, cela dit je communiquerai la composition pour synthétiser le vaccin. Je sais exactement sa formulation précise, grâce à mon trip. De toute façon, les hommes ne peuvent plus être sauvés. Je suis conscient que tu m'as envoyé, dans l'objectif de les rassurer, les rassembler. Parce qu'ils ont tous été soumis à une pression psychologique très forte, durant la période de premier confinement et les effets s'accentuent avec les mesures barrière de distance sociale et confinements, déconfinements postérieurs, couvre-feu etc. Cela n'a rien à voir avec les deux guerres mondiales ou tout simplement, les guerres moyenâgeuses, loin de là. Disons que c'est un stress jamais vu dans la vie contemporaine, où il existe un excès d'information et de désinformation. Tout le monde a une opinion sur tout et le fait savoir au monde entier, par le moyen des réseaux sociaux. Cette boulimie de news et fake news, ils ne savent pas s'en servir à bon escient et c'est même devenu une arme de propagande, dangereuse des fois, si elle n'est pas accompagnée par un minimum de savoir, au préalable. Ils utilisent à tort et à travers les mots dictature, mesures liberticides et font référence aux pauvres Orwell et Huxley, alors que la majorité n'a pas ouvert leurs bouquins ! Ils sont devenus des Gizmo sous la pluie, qui mangent après minuit, donc se multiplient et se transforment en Gremlins, pour que tu comprennes. Ils essayent tant bien que mal de diminuer l'ampleur de la pandémie, comme les Africains le faisaient avec Ébola, par le biais de leurs croyances, traditions et coutumes. « Oh ce n'est qu'une grippe ! », « Et les masques, j'ai vu un Youtuber qui dit que cela ne sert à rien… », « Et puis ils vont profiter des vaccins pour insérer une puce pour nous ficher et mettre en place un nouvel ordre mondial. » Ils ne voient pas qu'ils traitent celui qui pense différemment qu'eux, que ce soit en politique, dans cette crise sanitaire ou même socialement, comme un ennemi. Le virus n'est pas visible, mais le voisin, lui, il l'est. Et le voisin, il a ceci que je n'ai pas. Et le voisin, il est ceci que je ne suis pas. Je dois l'enfoncer comme je peux, avec toute la légalité qui m'autorise et encore que, des fois, ils passent même à l'acte et assassinent. Pour échapper à l'homme, ils ont besoin de croire à l'intangible : appelle-le Dieu, appelle-le Britney Spears, appelle-le nouveau modèle IPhone…

– … mais alors pourquoi tu ne veux rien faire ? demanda Dieu, timidement.

– Parce qu'ils sont tout simplement passionnants. Ils ont peut-être raison après tout, les complotistes et les négationnistes. On est peut-être dans une version de la Terre où ce virus a été inventé de toute pièce… Tout est tellement abracadabrant dans cette planète de fous… Et je te comprends tout à fait, Dieu, lorsque tu as créé le mal. Qu'est-ce qu'on s'amuse avec eux non ? Ils sont tour à tour doux, durs, amoureux, haineux, gentils, psychopathes, beaux, laids, intelligents, idiots, savants, niais, tendres, excités, etc. et ils passent d'un stade à l'autre, en un seul claquement de doigts. Ta religion et particulièrement toi, vous prônez que l'homme aime son prochain. Tout le monde échouera parce que, dans la grande majorité des cas, ils ne veulent plus d'interaction avec des personnes distinctes à eux !

– Mais alors, que vas-tu faire ? ferma alors le dialogue Dieu avec cette ultime interrogation.

– Quelque chose que j'aurais dû faire il y a longtemps et où tu n'es pas intervenu !'' conclut Enzo, en disant adieu à Dieu de la main.

Dieu se fit de nouveau transparent, se "désenzoïsant" et disparut de nouveau, à l'arrière-plan de la scène psychédélique.

Laura et Enzo finirent par dormir épuisés, ayant vécu internement, chacun de leur côté, le voyage de leur vie. Quelques heures plus tard, ils se réveillèrent et eurent la sensation d'un énorme coup de massue, tel une grande gueule de bois. Ils se racontèrent avec moult détails, leurs voyages respectifs. Il se regardèrent et eurent un sentiment de pitié envers leur couple d'antan. Ils savaient que leur amour avait été sabordé par Dieu. Ils connaissaient aussi que, sans ce même Dieu, ils n'auraient pas fini ensemble, non plus. Laura l'embrassa tendrement d'un baiser long et vigoureux, comme pour le remercier de sa mission sur Terre, même si elle n'en connaissait pas exactement tous les détails. Elle avait du chemin à faire pour qu'elle devienne cette femme en puissance qui aurait une voix importante dans la société. Sa carrière politique allait prendre une autre forme, elle en était totalement convaincue.

Elle prit alors l'auriculaire de son premier amour, par l'intermédiaire du même doigt, faisant écho au pacte d'amitié éternelle scellé entre eux, après la manipulation divine.

Quant à Enzo, il se laissa une semaine de plus, en France, pour accompagner et encourager son père à reprendre sa vie. Et il s'enfuit loin.

Direction Madrid. Le Messie y était allé incognito, enfin, avec des lunettes de soleil et une casquette. Il ne voulait pas qu'on le reconnaisse. Il savait qu'il attirait les regards bienveillants des uns et les mauvaises injures des autres. Le taxiste le reconnut très facilement et il faisait partie de la première catégorie, heureusement. Il remercia le labeur effréné qu'Enzo avait réalisé toute cette année. Il était en admiration devant celui qui avait été "au pied du canyon", comme on dit en espagnol. Il affirmait que son remplaçant n'était pas aussi simple que lui, qu'il ne paraissait pas aussi humble et proche de la population. Enzo en fut presque gêné, mais il en fut touché et montra sa plus profonde gratitude. Puis, ce fut le moment "Paris Match" version espagnole, donc "Madrid Match", où le conducteur se permit de demander s'il était vrai que sa mère était décédée. Il confirma que ce fut le cas et le chauffeur lui présenta ses condoléances. Il enchaîna quelques instants plus tard par une proposition de prendre un verre avec d'autres amis, tout aussi fans que lui et là, Enzo pressentit que la tournée se transformerait en proposition de tournante. Toutefois, ne faisant pas faux bond à ses dons d'homme galant, il refusa au moyen d'une tendre politesse.

Il se rendit à son ancien travail, dans le Centre de Coordination des Alertes et Urgences Sanitaires et fit part de ses découvertes acidulées, quant à la formulation du vaccin contre le coronavirus. Ses supérieurs interprétèrent ce retour comme la venue du Messie *(!)*, qui sauverait l'Espagne et la Terre entière. Chaleureusement, ils l'invitèrent à reprendre le flambeau de la lutte sanitaire dans ses bureaux, son laboratoire, ainsi qu'à la télévision. Finalement, leurs attentes furent déçues puisque Enzo déclina toute proposition, même alléchante, d'augmentation de salaire. "Je dois retourner là où est ma place" et lorsque ses anciens Directeurs surent quel était l'endroit auquel il se référait, Enzo cita Sylvester Stallone ou plutôt le personnage de Rambo dans "Rambo 3", en s'appropriant la citation à la première personne du singulier : "Ce que vous appelez l'enfer, j'appelle ça chez moi".

Le jeune homme arriva ensuite à son appartement et il déménagea le tout dans un petit hangar loué pour l'occasion. Le surlendemain, il prenait ses trois valises pour repartir à l'aéroport, direction Guinée Conakry. Bien sûr, il voulait retrouver l'amour de sa vie, celui que Dieu n'avait pas manipulé. Mais comment retrouver Linda ? Il savait qu'il pouvait user de son passé ébolesque en 2014. Il débogua, dès le lendemain, à la mairie de Conakry et se présenta au registre. Il montra sa carte de médecin du temps de Ébola et demanda alors où habitait sa bien-aimée, Linda Diallo. Le fonctionnaire visiblement fainéant mit du temps avant de lever complètement la tête de son téléphone portable. Puis, il examina de fond en comble la petite carte accompagnée de la pièce d'identité. "Je ne suis pas autorisé à vous divulguer…", fut interrompu par une liasse de billets conséquente, tendue par Enzo. Il avait un peu honte d'user ce genre de stratagème, ce pot-de-vin à l'administration. Néanmoins, il savait que ce type de traitement de faveurs portait ses fruits. Il fallait dire qu'il n'avait pas lésiné sur la quantité avancée, presque cent euros. C'était pour sauver l'amour ! Il se rappelait alors d'une des chansons favorites de sa défunte mère "Qu'est-ce qui pourrait sauver l'amour ?", de Daniel Balavoine. Et il se demanda si c'était Dieu qui lui mettait cette musique en tête. Non, il s'agissait de sa chère et tendre Maman…

Après ce court-circuit cérébral, le Messie se reprit. La fin justifiait les moyens. Il voulait sublimer le dicton de Coubertin. Ici, il ne suffisait pas de participer, il fallait gagner, quel qu'en soit le prix. Une fois l'adresse communiquée, il attendit au pas de la porte, enfin, pas très loin, dans un café, en face de la rue, avec vision sur la petite bicoque, cabane de sa future épouse. Linda vivait modestement, étant réceptionniste du Ministère de l'Économie et des Finances, ceci dit. Enzo avait une seule peur durant tout ce voyage, voir apparaître sa bien-aimée au bras d'un autre. Il ne savait pas comment il réagirait. En réalité, il s'en moquait. Il devait tout faire pour gagner le jackpot ou bien repartir tête baissée et user une autre vie – Il pensa au champignon vert "1 up" de Mario Bros, *ah ce Dieuuuuu, ce qu'il lui avait fait mettre en tête !* – pour sa reconversion.

Soudain, une femme élancée avec jupe noire, chemise blanche s'avança. Elle ressemblait à Linda, trait pour trait. "C'est elle !" Tiens, sa main était accrochée à un petit bambin de quatre ou cinq ans. "Est-ce bien elle alors ?" Mais oui, il la reconnut. Si c'était son enfant, tant pis, il voulait en avoir le cœur net. Au pas du jardin de terre de la maison, il cria par derrière : "Linda !" Celle-ci se hérissa et se retourna lentement, elle ne connaissait que trop bien cette voix masculine, à la fois si suave avec un anglais déguisé en européen. Ses yeux verts s'ouvrirent grand et à l'instant d'après, sa bouche profila le plus merveilleux des sourires. "Enzo c'est toi ?" Il fut affirmatif et lui demanda si elle était contente de le voir après autant d'années. Le sonore "Of course !" ("Bien sûr !" en français) ne donna pas lieu au doute. Ensuite, elle l'invita à ce qu'il contemple le petit être qui se cachait comme il pouvait derrière les jambes athlétiques, vêtues de collant de Linda. "Enzo, voici ton fils… Enzo aussi !" Enzo adulte crut s'évanouir sur le moment, pendant qu'Enzo enfant était incrédule devant cette manipulation excessive de son prénom dans la description de ce total étranger ! Le petit était d'une beauté incroyable. Des cheveux rasta, une couleur de peau marron clair, telle le marbre le plus cher que la Terre ait porté, des yeux verts identiques à ceux de sa mère. "Bonjour mon petit bonhomme !" se reprit l'adulte. Celui-ci fut invité chez sa version miniature et il rattrapa le temps perdu avec la mère de son fils. Il en voulait un peu à Linda de ne lui avoir jamais révélé l'existence de ce bout de chou adorable. Cependant, elle avait jugé que sa place était ailleurs et qu'il servirait la société comme épidémiologue, de la même façon qu'il le fit pour elle. Son sauveur devait accomplir sa mission dans d'autres contrées lointaines, sans s'encombrer de charges familiales. Il comprit et l'embrassa tendrement, afin de lui signifier qu'il était ravi de "s'encombrer" maintenant de ces deux êtres, qu'il aimait déjà plus que tout. Enzo enfant se fit bercer par Enzo adulte, après avoir fait connaissance, et que le grand apprivoise le petit avec des jouets de voiture achetés à la va-vite dans la boutique, juste à côté. Enzo enfant s'endormit tendrement et Enzo adulte fit l'amour passionnément à Linda toute la nuit, rattrapant toutes ces nuitées que le destin leur avait arrachées.

Le Messie se maria avec sa première dame le mois d'après, le samedi 29 août, devant toute sa famille qui pardonna que le père du petit Enzo ait pris la fuite en 2014. Ils avaient vu qu'il avait fait des miracles lors de l'épidémie à la mode, en Espagne, de la même façon qu'il avait guéri leur fille d'Ébola. Víctor, Laura, Corentin et Béatrice, ainsi que l'autre petit Enzo français – *Il en laissa des Enzo sur Terre, Enzo !* – purent y assister, malgré les grandes restrictions liées au coronavirus. Les parents et "Enzito", comme aimait appeler Enzo son petit enfant, déménagèrent et vécurent dans un des quartiers les plus aisés de la capitale, très loin des bidonvilles fréquents, à Conakry. La seule dispute entre le couple concernait la religion à inculquer à Enzito. "Je suis catholique et j'aimerais qu'Enzito le soit aussi." Or, Enzo ne pouvait s'empêcher de penser à l'escroquerie de Dieu. Il voulait lui en toucher un mot. Il se contenta de dire : "Je ne suis pas contre, mais j'aimerais qu'il ne soit pas influencé, qu'il se fasse lui-même sa propre idée et si c'est la religion catholique qui gagne dans son cœur, Ok je n'ai rien à en redire !". Un jour de septembre où les parents avaient une énième conversation plutôt posée sur la religion, il se tourna très sérieusement vers elle : "Si un jour il se passe quoi que ce soit qui sorte du cadre normal des choses, de l'extraordinaire, du divin même, je dirais, je veux que tu aies cette somme d'argent en cas d'urgence pour pouvoir partir." Linda fut apeurée et demanda des explications toute la journée, ce à quoi il répondit mystérieusement que cela avait à voir avec la pandémie mondiale et qu'il ne pouvait en dire trop. "Secret médical", en conclut la jeune africaine intérieurement, même si elle pressentait qu'il y avait un peu plus derrière tout cela.

Enzo, Linda et Enzito vécurent d'amour et d'eau fraîche. Ils mangèrent aussi des perdrix (Expression espagnole donc plus rustique, équivalente à "Ils vécurent heureux et eurent beaucoup d'enfants", "Fueron felices y comieron perdices").

Même si le Père Noël ne vint pas par la cheminée comme toutes les années, faisant les gros titres des journaux mondiaux après le coronavirus en 2020 (Enzito dut se contenter des "quelques" jouets achetés par ses parents) et même si Enzo bougonnait légèrement, le matin du 25 décembre 2020 *(comme s'il avait quelque chose contre la célébration de la naissance de Jésus et son propre anniversaire !)*, les deux mâles étaient tellement heureux, en compagnie de Linda.

"C'était si bon d'être en famille, la perfection !" se satisfaisait le nouveau père devant ce panorama de plénitude, revêtant une autre chemise à carreaux rouges et verts, que lui offrit sa femme, en écho à sa perte de virginité.

Le lendemain, après avoir passé un Noël et un anniversaire de rêve, Linda se réveilla plus tard que son mari. Il était déjà dix heures. Elle alla dans la chambre d'à côté et ne trouva pas, non plus, Enzito. Sûrement les deux étaient en train de jouer à la grosse ambulance que son père lui avait offert la veille. Elle commença à descendre les escaliers en levant les mains au Ciel, comme dans un besoin de s'étirer, mais elle eut un flash à ce moment-là, quelque chose de divin, un avertissement depuis l'au-delà… Elle dévala les quelques dernières marches, bien pressée, et se rappela la conversation saugrenue du mois de septembre. "Enzo, Enzito !"

Ils n'étaient pas dans la cuisine, immédiatement visible depuis les escaliers, ils devaient être dans le salon.

"Maman…" répondit Enzito, éploré, depuis la pièce pensée par Linda. À sa voix, celle-ci reconnut le déroulement d'un drame. Elle courut dans le couloir et par-dessus le canapé, elle entrevit une grande silhouette allongée sur le sol et une flaque de sang par terre. Muni d'un couteau ensanglanté, Enzito dit alors d'une voix frêle :

"Papa ne bouge plus…".

EPILOGUE

Dieu était nerveux. Il faisait face au jugement le plus implacable, réservé aux déités ayant commis un certain nombre d'infractions au CDD, le Code de Déontologie Divine, la Bible des Dieux, en quelque sorte. Dernier jour et le verdict devait tomber.

Il savait pertinemment que sa prestation n'avait pas convaincu, s'il pouvait se permettre cette analogie avec l'émission culte de télé-réalité "The Voice". Il avait engagé pour sa défense, Ally McBeal, parce qu'il aimait son côté déluré en phase avec le sien, dans le but que le Tribunal Divin puisse être sensibilisé à sa façon d'être. Elle avait assez souvent des visions impliquant des danses incongrues et images loufoques avec, en fond, des musiques de Barry White. Oh elle avait réellement fait ce qu'elle avait pu, au moyen d'une plaidoirie surréaliste, visant à encenser les joies du capitalisme moderne inventé par l'homme, le plaisir interdit que procuraient les produits de marketing de la pop, de la télévision, des applications sur téléphone portable, etc. Elle avait cité à la barre Serge Karamazov, qui put délivrer un témoignage en faveur de Dieu sur sa réhabilitation coûteuse, au sortir de la Deuxième guerre mondiale. Il décrivit, lui-même, sa propre vie terrienne et ses addictions multiples, surtout aux Chevaliers du Zodiaque. Cependant, du côté de l'accusation, c'était Perry Mason qui menait la danse. Ce grand homme, ce senior avec un embonpoint impressionnant face à l'anorexique Ally McBeal, usa de sa stature pour ne faire qu'une bouchée de l'avocate, ainsi que de son client. Perry Mason mangea littéralement Ally Mc Beal. Il énuméra un par un les enfreintes à la Déontologie Divine à savoir les interférences de Dieu sur Terre :

* Créer le mal sur Terre
* Augmenter le niveau de testostérone chez l'homme et d'œstrogène chez la femme

- Déformer les fourches d'ADN pour former artificiellement d'autres familles sur Terre
- Envoyer des briquets sur Terre
- Incorporations de la déontologie, l'éthique et la notion de société pour renflouer le bien sur Terre
- Envoyer les Messies scientifiques sur Terre par le programme informatique "Comprends ton monde"
- Créer des preuves de toutes pièces pour accréditer la théorie de l'évolution formulée par le Messie, Charles Darwin, sur Terre
- Envoyer le dernier Messie, Enzo, sur Terre
- Réhausseur de beauté d'Enzo par le programme informatique "Maybelline"
- Interférer dans les niveaux d'hormones et la mémoire de Enzo et Laura
- FAIRE ASSASSINER ENZO

Perry Mason insista tellement sur chaque lettre, chaque "S" de "Assassiner" qu'il semblait que toutes les autres désobéissances étaient inscrites en minuscules et cette dernière, bien plus grave, en majuscules.

Il était clairement stipulé dans le Code de Déontologie Divine que le nombre d'intrusions sur le fil chronologique terrien ne devait pas dépasser dix, comme les dix commandements humains, postérieurs aux cinq premiers, véridiques. Or, Dieu en était à onze et encore, les multiples envois des Messies scientifiques avant Enzo, furent comptabilisés comme un seul et unique acte. L'article 3.3 était explicite sur le bien-fondé que devaient avoir ces intromissions. Perry Mason ridiculisa Dieu par son action d'envoyer des briquets et le rehausseur de beauté d'Enzo "Maybelline", qui causa sa perte, réellement. Il l'acheva en interrogeant Serge Karamazov, lorsqu'il lui fit avouer, après quelques tergiversations, que Dieu n'intervint pas durant les deux guerres mondiales, du fait de son addiction à Britney Spears. Un rire se fit entendre dans la foule, de l'absurdité de cet énoncé. Dieu voulut se défendre en proclamant son inaction face à la tutelle injuste du père de Britney Spears sur elle. Il se ravisa, en comprenant que cet argument ne servirait pas sa cause, aux gloussements de l'auditoire.

"Mais surtout, nous sommes là aussi pour juger une déité qui a commis l'irréparable : faire mourir son propre fils, le péché capital divin, enfreignant l'article 1.5 de la Déontologie Divine. Il a transformé le CDD en CDI et ce n'est pas dans le bon sens de l'évolution des conditions de travail des hommes... Non, le Code de Déontologie Divine a été tellement bafoué qu'il en est devenu le Code de Déchetterie Inhumaine dans les mains de Dieu. C'est pour ce motif que nous plaidons pour l'enlèvement de l'immortalité irrévocable de Dieu", sentencia Perry Mason. Ce à quoi, Dieu rétorqua : "Avez-vous vu le film Mad Max avec Mel Gibson qui a lieu en 2021 ? Ce que j'ai vu par rapport à la situation planétaire en 2021 y ressemble énormément. Enzo allait révéler..." Le juge le coupa : "... N'avez-vous vraiment aucun sens du ridicule ? Je vous prie de vous asseoir de nouveau, en silence. Silence dans la salle !" La pièce s'était emplie, encore une fois, de railleries effrénées devant cet argument surréaliste et caduque de la part de Dieu.

Ce même jour, correspondant au 31 décembre 2020 dans la chronologie terrienne considérée *(Eh oui la justice divine était efficace et ne s'embourbait pas de bureaucratie !)*, le Juge à l'apparence transparente, comme tous les êtres de lumière accédant aux rôles procéduriers divins, formula :

"Suite à l'infraction des articles 1.5 et 3.3 du CDD, Code de la Déontologie Divine, ce Tribunal Divin vous déclare coupable. Je vous condamne, Dieu, à restituer votre immortalité."

Dieu en pleura de ses yeux humains. Un énorme frisson parcourut l'assistance des anciens terriens ayant accédé au Ciel, mais aussi des dieux ayant choisi une enveloppe humaine pour leur vie dans l'au-delà.

Le Tribunal Divin renchérit : "Cependant, nous comprenons vos agissements dans une volonté de pourvoir les terriens de soutiens divins, en vue de leur évolution. Nous en prenons note et rendons effective notre sentence le 1er janvier 2021."

"Nous avons une autre sentence ou plutôt, une récompense à formuler. À vous, Enzo, ce Tribunal Divin a l'honneur de vous annoncer que, dès demain, vous accéderez au statut de la déité pour l'instauration de la religion enzoïque. J'espère que vous saurez tenir compte des erreurs de votre père divin. Quelle est l'apparence que vous désirez pour l'exercice de vos nouvelles fonctions ?" Enzo resta bouche bée quelques instants et murmura timidement "Avec mon apparence d'humain, pour que ma mère me reconnaisse". Et Sylvie s'empara de son fils, assise à côté et l'embrassa de tout cœur, afin de l'encourager dans cette nouvelle trajectoire.

Dieu, honteux, osa à peine regarder Enzo, il esquissa un "Pardon" de ses lèvres et l'apprenti-Dieu lui répondit par le biais d'un clin d'œil bienveillant. À 23h59, 59 secondes du 31 Décembre 2020, tel Valéry Giscard D'Estaing *(récemment décédé dans la version du monde, relatée dans ce livre, dans une autre il devint par la suite, le doyen de l'humanité)*, proclamant "Au revoir !", Dieu prononça "Adieu !" depuis son lit de nuage, Cloudbed.

Le Dieu Enzo enfreignit à 0h01 le Code de Déontologie Divine et se mit à programmer, dans l'objectif de mettre en sécurité Linda et Enzito, loin, très loin de la Guinée, très, très loin même…

Quant au dieu déchu, il fut téléporté immédiatement. Il fut ébloui, extrêmement, une radiation qu'il connaissait bien, la chaleur du soleil. Il regarda ses membres. Ses bras étaient longs, dépourvus de tout poil. Il se leva avec peine, tant la gravité paraissait être accentuée et atteignit les branches hautes d'un arbre, qu'il ne saurait définir. Et il comprit, il était Adam Smith, de retour sur Terre. Cela dit, en levant la tête au ciel, il fut tellement éclairé par des halos de lumière si puissants, qu'il pensa en un instant qu'il devait être dans un pays équatorien. Soudain, son œil droit entrevit une autre source de lumière qui ne venait pas du soleil, mais bel et bien d'une autre étoile. Il comprit : il avait atterri sur Earth 2.0 et sa destinée était donc d'accomplir ce qu'il voulait pour la Terre, que les hommes s'aiment entre eux, au-delà de leurs différences, qu'ils soient croyants en Enzo, religieux ou pas. Mission acceptée ! Sûrement qu'il devait trouver sa Ève Gutiérrez, qui devait traîner dans les parages. Pourtant, elle n'apparaissait pas encore.

Dieu se sentait seul. Britney Spears dans la chanson "Hit me baby one more time", lui rappela que sa solitude le tuait et lui, il devait avouer qu'il y croyait encore, croyait encore ("My loneliness is killing me and I, I must confess I still believe, still believe").

"À ma belle Maman, partie le 19 juin 2020. Tu as accompli ta mission. Tu as rendu tout le monde heureux, sans exception. Je vais essayer de faire de même. Je sais que je le ferai moins bien. Mais, en étant muni de ta joie et de ton sourire dessinés dans le ciel, j'y arriverai et si je fais, ne serait-ce qu'un centième de ce que tu as fait, j'aurai fait de cette Terre un monde bien meilleur"

EIN HERZ FÜR AUTOREN A HEART FOR AUTHORS À L'ÉCOUTE DES AUTEURS MIA ΚΑΡΔΙΑ ΓΙΑ ΣΥΓΓΡ
HJÄRTA FÖR FÖRFATTARE UN CORAZÓN POR LOS AUTORES YAZARLARIMIZA GÖNÜL VERELIM SZÍV
CUORE PER AUTORI ET HJERTE FOR FORFATTERE EEN HART VOOR SCHRIJVERS TEMOS OS AUTO
SZERZŐINKÉRT SERCE DLA AUTORÓW EIN HERZ FÜR AUTOREN A HEART FOR AUTHORS À L'ÉCOUT
CORAÇÃO ВСЕЙ ДУШОЙ К АВТОРАМ ETT HJÄRTA FÖR FÖRFATTARE Á LA ESCUCHA DE LOS AUTOR
AUTEURS MIA ΚΑΡΔΙΑ ΓΙΑ ΣΥΓΓΡΑΦΕΙΣ UN CUORE PER AUTORI ET HJERTE FOR FORFATTERE EEN H
YAZARLARIMIZA GÖNÜL VERELIM SZÍVÜNKET SZERZŐINKÉRT SERCE DLA AUTORÓW EIN HERZ FÜR
VOOR SCHRIJVERS TEMOS OS AUTORES NO CORAÇÃO ВСЕЙ ДУШОЙ К АВТОРАМ ETT HJÄRTA FÖF

L'auteur

Victor Gomes est Français d'origine portugaise,
ayant passé son enfance en Auvergne. Il a fait ses
études à Nantes. Il est Docteur dans le génie civil et
Ingénieur d'affaires dans l'industrie.
Il vit en Espagne, pays qu'il affectionne, et voyage
à travers le monde, en grande partie pour son
travail.
Il a puisé dans ses expériences personnelles, familiales et amicales, ainsi que dans les voyages vécus
à l'étranger pour écrire son journal intime pendant
les mois de confinement dus à la crise sanitaire du
coronavirus. Dans « le journal coronavirus », son
nom est Lionel Rodrigues, nom évoquant l'histoire
familiale qui est dévoilée petit à petit, au fil des
pages.
Victor Gomes nous fait découvrir de quelle façon
nous sommes liés à notre environnement malgré
l'isolement et de quelle manière notre histoire
personnelle nous définit en tant qu'individu. Notre
passé, présent et futur s'entremêlent et ne sont
qu'une seule dimension, celle du temps, qui nous
façonne à sa manière.

La maison d'édition

Qui arrête de progresser, arrête d'être bon!

En se basant sur notre slogan, c'est notre désir de trouver de nouveaux manuscrits et de les faire publier. Depuis plusieurs décennies déjà, nous avons donné nos cœurs aux livres et nous nous engageons pour chacun de nos auteurs et chaque livre personnellement.

Nous faisons pour chaque manuscrit une relecture en quelques semaines. La relecture est gratuite et sans engagement.

Pour plus d'informations sur notre maison d'édition et nos livres, reportez-vous à notre site:

www.novumpublishing.fr

Évaluez
ce **livre** sur notre
site!

w w w . n o v u m p u b l i s h i n g . f r

Victor Gomes

Le Journal Coronavirus de Lionel Rodrigues

ISBN 978-3-99107-345-1
310 Seiten

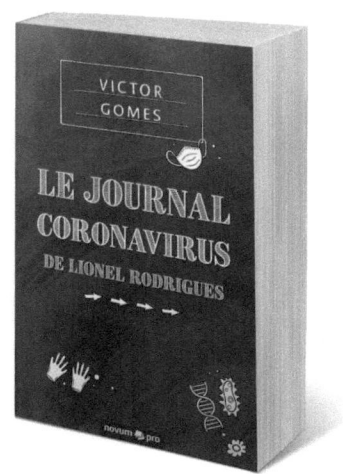

Français d'origine portugaise, Lionel Rodrigues est homosexuel et réside à Madrid. Il fait part de son quotidien en puisant sur la situation sanitaire du Coronavirus. Cela l'amène à revenir sur des mouvements bouleversants entre 1984 et 2019.